Phantom

アートワーク　東信
写真　椎木俊介
装丁　関口聖司

湯船からあがった華美《はなみ》は、スウェットのパンツだけ穿き頭から胸にバスタオルを垂らした格好で、やかんに水をくむ。定量に水位が達したところで止め、間続きの八畳間の窓辺にしゃがんだ。

三つ並べられた鉢のうち左、小さな丸っこい葉をしげらせた六号鉢のセンカクガジュマルへ水をやる。正月以来三ヶ月近い断水で乾き、白っぽくなった土の上で、たまった水は数秒間まったく染みこまなかった。数カ所から気泡があがり水位が下がりはじめ、最後に表土の白っぽさも消えた。深緑色の葉の中に、黄緑色の小さな新芽がいくつか混ざっている。先月、窓に貼るUVカットフィルムを高遮光タイプに貼り替えたばかりだが、植物の生育に必要な可視光はちゃんと通しているようだ。

鉢植えに与えた水の量はぴったり適量のはずだが、華美はTシャツを着ると台布巾を手に、鉢受け皿から水がこぼれないかしばらく見守る。高倍率のなか当選し入居できた、改築したてのUR賃貸住宅の綺麗なカーペットに、染みをつくるわけにはいかない。

スマートフォンが鳴った。華美は車で帰宅してからずっとローテーブル上に置いていたそれを手にとった。

大学時代の友人からメッセージを受信していた。久しく会っていない、演劇サークルの同期だった彼女から、平日の夜に突然、メッセージが届いた。華美には文面が推察できた。

開いてみると予想どおり結婚報告と、二次会への招待だった。フォーマットを流用しただけと丸わかりの丁寧な文面で、華美への個人的なメッセージは一文も記されていない。

■二次会詳細
日時：四月××日（日）
受付：一八時一五分
開宴：一八時四五分
会費：男性八〇〇〇円　女性七〇〇〇円
会場：×××
※白金台駅（東京メトロ南北線・都営三田線）二番出口より……

二次会からでいいのか。挙式や披露宴に参加しないのなら、ご祝儀の三万円は必要ない。華美は、二次会参加にともなう総費用を試算する。

女性の会費が七〇〇〇円。ここ千葉から東京まで、ＪＲ線と東京メトロを乗り継いでの交通費概算が往復二四六〇円。三次会にも参加することになった場合の費用を三〇〇〇円と仮定する。合計、一万二四六〇円。

そして、使うかどうかを自分で選択できるその金額に対する計算式が、たちあがる。

便宜的に一万円で計算するとして、それで配当利回り五％の高配当米国株を買えば、円換算にして一年で五〇〇円の配当金がもらえる。それを元手の一万円に足しての配当を計算、つまり配当金再投資による複利運用をし続ければ、一万円が一〇年後には一万六二八九円に、二〇年後には二万六五三三円、三〇年後には四万三二一九円になっている。

また、配当金増額を見込み、長期的観点から配当利回り七％で計算し直すと、一〇年後には一万九六七二円、二〇年後には三万八六九七円、三〇年後には七万六一二三円となる。

数秒の間にそれらの数値が導き出されたが、華美の頭の中で行われていたのは暗算ではなく、覚えてしまった数値の想起だった。

今の一万円が、三〇年間寝かせておけば七倍以上になる。

三〇年後――六二歳になった頃に、彼女との友情は続いているか？

未来の七万六一二三円と、続いているかわからない友人とのつながりの、どちらをとるか。

〈結婚おめでとう！　よかったね、我がことのように嬉しいよ〜。
そして、本当に申し訳ないんだけど、その日出張が入っちゃってて……〉

入力したばかりの返信メッセージを華美は送信した。意志決定の早さを見せつけることで相手を驚かし、それにより〝行かない〟という返事につきまとう負のニュアンスが相殺されることを見込んでのことだ。

スマートフォンの時刻表示を見ると、午後一〇時三五分だった。東京証券取引所から一三時間半遅れでニューヨーク証券取引所等アメリカの株式市場が開かれたばかりで、英字表記の証券ポートフォリオ管理アプリには、登録済み銘柄の株価が表示されている。

長期投資家の華美は、デイトレーダーと異なり毎日板に張りつく必要はない。ただ、四半期決算を迎える企業もそれなりにある三月末ということもあり、一応市況は確認しておこうとノートパソコンの電源をオンにする。六年落ちの古い型だが、リアルタイム証券取引ソフトをたちあげるのには事足りた。

登録してある個別銘柄の買い気配と売り気配の額、取引総額、始値、今日の高値、安値等、一五インチの画面にずらっと並ぶ数値が秒毎に変化し、色とりどりに点滅する。とある煙草銘柄の大幅下落に気づいた華美は、アメリカのトレード情報サイトへアクセスする。サイト内のサーチバーへ煙草銘柄の英語二文字のティッカーコードを入力すると、十数分前に更新された情報があがっていた。株価が大きく下落した理由でも載っていないかと探したが、訴訟や収益減予想といった大きなものは特になく、決算前の調整局面でなんとなく売りが多く出ただけのようだ。曖昧な推測しか書かれていないのは、ＡＩにより自動生成された文章なのだろうか。

ともかく、今なら利回り五・九％で、安く買える。配当権利落日直前ということもあり、すでに多く保有しているその煙草銘柄株を買い増したい衝動に駆られる華美だったが、数日前の給料日から二日かけて他の米国株二銘柄を買ったばかりで、余裕資金はない。

持っている十数銘柄のうちごく一部、短期から中期の投機目的で買ったハイテクセクターのとある無配当銘柄の株価が、買値の一四二％にまで利益がのっており、これを売却して得られる約四八〇〇ドルを軍資金に充てようかとも考えるが、この無配当銘柄の株価も決算発表後さらに高騰する可能性がある。華美はなんの注文も入れず、ノートパソコンの電源をオフにした。

市況チェックに要した時間は一〇分ほどだ。完全に習慣と化しているから、だらだらと板に張りつきはしない。歯を磨いた華美は、明かりを消しベッドへ横になる。

明日も仕事なのに、なかなか寝つけそうになかった。煙草銘柄株の指値買い注文を、やはり入れておくべきなのか。寝ている間、翌朝五時まで、ニューヨーク市場は動き続ける。

でたらめに、華美は二六〇万円という数字を思い浮かべた。会社からの去年の税引き前年収に近い額だ。それを年五％で複利運用してゆく計算をする。一年後に二七三万円となり、二年後は二八六万六五〇〇円。端数の暗算が辛いので二八六万円として、三年後には三〇〇万三〇〇〇〇円。年収とほぼ同額を元手としたことや、利率五％で計算していることに深い意味はない。利率五％に関していえば、高配当銘柄の利回りがだいたいそれくらいだし、五だと暗算しやすかった。

暗算が苦しくなったところでまた別の数字を思い浮かべ、それに一・〇五掛けの複利暗算をする。延々と行っているうち、数字の海の中で、ようやく華美の意識はまどろんでいった。

華美は軽自動車を運転し、職場である外資系食料品メーカーの工場へ向かう。本国アメリカではコーヒーや紅茶、パスタ等食料品全般を扱う企業の日本法人で、厳密には屋号や商品ライセンスだけ借りた別会社だった。日本では飲料や大人向け菓子に商品展開を絞り、本国で扱っていない日本オリジナル商品が売上の約六割にものぼっている。

日本法人の本社は東京にあり、アイスを運搬するため築きあげた物流システムで利益を上げる別子会社もあった。全国に三つある工場のうち、ここ千葉工場は日本の生産本拠点だ。大学卒業後に地域採用枠で事務職として入社した華美は、経理業務を中心に働いている。

昼休みにデスクで手作り弁当を食べた後、水筒を持ち同階の喫煙ルームへ向かった。三階建ての建物の二階に位置する、一二畳もの広さがある空間の空調設備は強力で、ほとんど煙草臭くない。それに喫煙ルーム内にしかスツールや自動販売機がないということもあり、禁煙して八年目になる華美が水筒だけ持ち入っても、場違いではなかった。嗅覚が敏感過ぎる者以外は、非喫煙者であっても自動販売機のある喫煙ルームへ出入りしていた。

「やりかたが姑息だよね、ほんと」

華美の二歳上の同僚、和子が煙を吐きながら言う。今年度から家賃補助が減額になるという会社発表への愚痴だ。

家賃補助減額の要因とされているのが、決算の下方修正と、アメリカ本社からつきつけられた、主力商品数点のライセンス料率アップという決定事項だった。

「和子さんは母子寮で家賃安いからいいじゃないですか」

「華美だって同じでしょ、あんなきれいなURに、月四万だっけ?」

「あれは羨ましい。というか、公募されてたことよく知ったね。不動産屋じゃあんな部屋紹介されないし」

ベテラン工員の齋藤も一度、皆でクリスマスパーティーをやった際に華美の住むUR賃貸住宅へ来ている。

「でも補助減額は困るな。私も、和子さんみたいに国から手当もらいたい」

「馬鹿か、そんなこと言うなら尾嶋とさっさと結婚でもしろ」

和子が言うと、尾嶋直幸より三歳年上で彼の過去を地元で見てきたらしい齋藤も、控えめに笑った。

「俺の友だちの妹も高校時代、尾嶋とは半年くらいで別れられてたし。あの男前は急に心変わりするから、華美ちゃんも安心しないほうがいいよ」

「あのお二人とも、かなり前時代的なセクハラ発言ですし、私だって美人で選ぶ権利あるんで放っておいてもらっていいですか」

二人とも笑う中、美人であるかを確かめていいかというように齋藤からの視線が顔から胸元、脚へと一瞬で流れていったのを華美は感じた。しかし齋藤の目はすでに、つい今さっきまでとなんら変わらない雰囲気に戻っている。男性たちからそれとなく狙うような視線を長く受けていた二〇代半ばまでとは、違った。わりと彫りの深い顔に一七〇センチの背丈を有していながら、少し肉がつきだした二七歳くらいから、急に流れが変わった。肩幅の広い痩せ気味だった身体に人並みに肉がついて、威圧感でも出たのだろうかと華美は思っている。臆されていると感じる場面が増えた。

それから和子は、中学一年生になった息子と小学五年生の娘の新年度の準備でえらくお金を要した話をした。高校卒業後に工場へ同期採用された元夫は、和子のお腹に娘が宿った頃に他工員との喧嘩が原因で離職し、まもなくして離婚もした。長らく連絡がとれていないそんな相手から二人の子の養育費をもらうことなど、不可能だった。和子は悔しがり何度も同じ話をするが、不思議と聞く者に不快感は与えず、孤軍奮闘している己を励ましているだけのような、自己完結した感じがあった。

「悪くなるいっぽうだよ」

そう言った和子が自販機へ新しい煙草を買いに行ったところで、華美は水筒に入れたブラックコーヒーを飲む。和子は三日で四箱吸い、一ヶ月に約二万円を煙草代に費やすらしい。その月額は、禁煙する直前の八年前時点で華美が煙草に費やしていたのと、ほぼ同額だった。

煙草が値上げしないものと仮定して、一〇年間同じペースで吸い続けた場合、合計で二四〇万円の出費となる。いっぽう、年額二四万円を積み立てながら年利五％で複利運用していけば、一〇年後には約三一〇万円となる。

それらの数字が出てくるのも幾度となく計算済みだったからで、眠れなかったりなにか不安を感じたとき、月に二回くらいは同じような計算をした。

齋藤が自販機でコークを買い、和子と戻ってきた。華美は煙草は買わないが、アメリカの煙草銘柄株は買う。水筒を持参しているからコークも買わないが、コークを作っているアメリカの飲料メーカーの株は買う。自社製品と〝自社株〟についても同じことがあてはまった。日本で販売されている自社商品は買わないが、ニューヨーク証券取引所に上場しているアメリカ本社の株は買う。

「そういえば最近、ヒロポン来なくなったね」

和子が言った。華美も言われて気づいたが、たしかに、三年前に工員としてやってきたチビデブ体型の田広を、しばらく見ていない。ほとんどここ喫煙ルームでしか会わない彼はヘビースモーカーの中年男性で、指の節の太さも男らしさというよりがさつさの象徴に見えた。華美がそう感じるのにも理由はあり、息をするように繰り出されるヒロポンの言葉によるセクハラは無神経な男の野放図な明るさのようにも見えるが、隠れたところでは陰湿さもはらんでいる。彼が入社してきて数ヶ月経った頃、駐車場で車に乗ろうとしたとき、耳元で「青守みゆ」とつぶやかれた。その名前を耳にするのがあまりにも久しぶりすぎて、華美は最初なにを言われているのかわからなかったが、すぐに身を固くした。大学四年生の頃やっていた、インターネットラジオとゲームの広告、イベントだけで活動していた四人組アイドルグループ内での、華美の芸名だった。世間の誰からも注目されずに終わったあのグループでの活動を知っている人は、身近にもほとんどいない。ヒロポンはその後も何度か、脅迫でもするかのようなニュアンスで二人だけの時にそれをもちだし軽く口説いてきたが、隠したい過去にすらならないような活動内容のなさだったので華美が無視していると、アプローチも止んだ。

「田広、もう有休消化し始めてるよ」

田広と同じ工員である齋藤が口にした。

「あ、契約切られた二〇人のうちに入ってたの、知らなかった？　田広の有給休暇は二〇日間くらいあったみたいで退社は来月になるけど、もう二度と会社には来ないんじゃないかな」

華美は、ヒロポンと最後に会った日がいつで、どんなやりとりがあったかを思いだそうとするが、もやがかかったようにわからない。実感もないままいつのまにか、最後の会話も交わしていたのだ。

「世知辛いね。……ったく、なにもかも、あっちの本社のせい。ライセンス料上げるなよまったく」

「ほんと、アメリカにいいようにやられちゃってさ」

和子と齋藤がぼやく。華美は、家賃補助が削られるだとか、ここ千葉工場に大勢いる工員のうち二〇名がリストラの対象となったこと等経営状況の悪化を、数字を通じ理解していたつもりではいた。今までそこにいた人の顔を見なくなる、というのは、数字とは別の現実感をもたらした。自分もここからいなくなる可能性もあるのだろうか。華美はよけいに、〝自社株〟を買い、会社から搾取する側にまわりたいという思いにかられた。


残業を終える頃に華美は尾嶋直幸へメッセージを送ってから、軽自動車で帰路についた。自宅に着く直前の道で、横並びの四つの丸いテールライトが見えた。直幸のGT-Rだ。契約者のいない空き駐車スペースに停めようとしている。マフラーを非純正品に換装した車特有の排気音が、二階建ての建物が多く並ぶ静かな住宅地に響いた。華美は軽自動車専用駐車スペースへ、一〇年落ちのムーヴを停める。

「あ、家で餃子食べてきちゃった。ニンニクの臭いが」

二階へ至る外階段を上りながら、スウェット姿の直幸が言った。実家で母親の手作りを食べてきたのだろう。セックスの前にニンニクを食べないような気づかいを華美ははなから期待していないし、自分だってそれほど鼻がきくわけでもなかった。

「あとでシャワー浴びていい？」

同じ工場で働く直幸は、残業だった華美より早く退勤していた。

「お風呂沸かすよ。一緒に入る？」

「そうする」

華美が一人分の夕飯を軽く済ませると、二人して狭い風呂に体育座りで浸かった。身体を洗い終え栓を抜きシャワーで流したあと、直幸はタオルで身体を拭きながら脱衣所に出た。暖色LEDの明かりに照らされ、角度の問題でなのか、痩せ気味で浅黒い身体がおじいちゃんっぽく見えた。なんでなのだろう。華美にもよくわからない。最近たまに、直幸がおじいちゃんっぽく見える瞬間があった。同い年の三二歳として、平均より老けているわけでもない。ただ、以前より覇気はなくなってきている気がする。落ち着いているともいえるのだろうか。

夜というには少し早い時間帯だったが、風呂上がりにベッドの上でいちゃついていると直幸のほうが変に欲情したらしく、そのまま始まった。

直幸は、少年時代からモテてきた男特有の技巧のなさが長所というか、へんなところをあちこち長時間舐めないし、挿入するときもめったやたらと挿入角度を変えたりリズムに緩急をつけたりしない。華美が強く快感をおぼえる角度を、まるで戦を左右する要所を守らんとする兵のように死守する。日によって挿入するリズムが異なったりもしたが、一定のリズムを維持することだけは頑なに守った。

「家賃補助、だっけ？　あれ下げられて怒ってる人たくさんいたな」

終わった後、ベッドに横たわった直幸が口にする。実家暮らしの彼には他人事なのだろうと華美は感じた。

「実質的に年二四万も収入を削られるんだからね。最悪だよ」

「それは嫌だね」

直幸は農業を営む両親や姉夫婦と共に暮らしている。家も田畑も先祖から受け継がれてきたもので、直幸の親たちも住む場所にお金をかけていない。そのためか、華美が夕食に招かれた際も、食材や酒といった振る舞いものに関し、わりと羽振りがよかった。

「カップラーメン食いたいな。ある？」

「ない」

金を使ってまでどこか外へ出かけたりする好奇心は希薄なため、ここ二年半のあいだ、会えば自炊での食事かセックスばかりしている。

二年前に高卒の工員たちが大勢リストラされた際も会社へとどまれた事実にも、直幸の勤労に対する真面目さや実直さはあらわれている。彼氏どころか、自分にとって似合いの結婚相手にもなりうるとさえ華美は思うが、かといって心の底から惹かれたり依存する感じはなかった。

さすがに顔が良いというだけでは、心酔できない。三〇代の男に対しその一点だけで満足できる女もいるのだろうが、それは自分の容姿に自信がなかったりと、ないものねだりの場合だろう。直幸ほどではないが自分にも外見でチヤホヤされた時期があったと華美は自負しているぶん、ないものねだりのように、顔の良さだけで相手に惚れきったりはしない。ある意味、己の身の程をわきまえていた。ピークを過ぎたそこそこの外見の良さとそれにまつわる過去のモテた記憶、それ以外にこれといって人より秀でていることもない年収二〇〇万円台同士で、一緒にいる。

性交後の猛烈な眠気で、シーリングライトとテレビをつけっぱなしにしたまま二人してうたた寝していた途中、華美はふと目覚めた。目覚まし時計を見ると、午後一〇時半ちょうどだ。起き上がりパンツとTシャツだけの姿で、ノートパソコンの電源をオンにし証券取引ソフトとブラウザをたちあげた。米国株取引専用口座の合計資産評価額を見ると一四万六八六ドル二七セントで、うち配当金の合計が一九六〇ドルにまで達していた。昨日より数字が増えていることを華美は嬉しく思った。

合計資産評価額の一四万六八六ドル二七セント――日本円換算で約一五〇〇万円に対し、華美は元手として八〇〇万円ほどしか費やしていない。日本円換算にして年約八〇万円の配当を生み出すシステムを構築できたのも、七年前から度々世界中の株価が低迷したタイミングで、高配当優良株を安く大量に仕込むことができたからだった。

華美には目標がある。五〇〇〇万円だ。

配当株十数銘柄へ分散されたそれだけの金融資産があれば、年利五％で運用しただけで、二五〇万円の配当収入を毎年得られる。働かないでも、会社からの今の年収とほぼ同額を得られるわけだ。

そこまで達したら、毎年生み出される二五〇万円を頼りに、会社を辞めるのも一つの選択肢だ。少なくとも、数十年間減配・無配なしがほとんどの米国株配当銘柄の集合体は、アメリカ本社の都合で好き勝手にやられている日本の暖簾分け企業より、信頼できた。

他の選択肢としても、会社勤めを続けながら給料とは別の収入源として、二五〇万円を贅沢な消費にあてるもよし、倹約生活を継続し金を生み出すシステムのさらなる増強に努めてもよし。システムの秘める可能性は、無限大だ。早く完成させるため、次の決算と配当が待ち遠しく、早く時間が経過してほしい。

登録銘柄をざっと見ると、ほとんどの銘柄が前日より高値をつけていた。合計資産評価額が高くなっているのも、上がり気味の市場に連動したからにすぎない。しかし値上がり益ではなく配当益で稼ぐ長期投資家にとって、買おうとしている銘柄の株価上昇は好ましくない。なんなら、大暴落を願ってさえいる。

ライセンス料率を一方的に上げ、もう八〇年も日本に根をおろす日本法人からの搾取にかかったアメリカ本社の株価は、前日より二・二三％も上昇していた。日本法人の社員として稼いだ給料と今期の配当金でアメリカ本社の〝自社株〟を買い増し、利益を吸い上げてやるという華美の目論見も、今のところは諦めざるをえない。

「株？」

直幸の声がした。

「そんな格好で夜中にやらなくても……儲けてんの？」

パンツにTシャツの華美が見ると、直幸はまるで子供の遊びを眺めるみたいな笑顔を浮かべていた。

「前も言ったけど、将来的に儲け続けるためのシステムを作ってるんだよ。順調に育ってる」

「へえ。でもそんな、株で金だけ増やしても、仕方ないでしょ」

「そんなこと金持ちになってから言いなよ。世の中、お金がないとできないこと、多すぎるし」

「華美は、お金を使ってなにかがしたいんでしょう？　たとえば旅行に行きたいなら、スポンサーになってくれそうな人に出してもらうとかさ。他も同じで、したいことや欲しい物があったら、我慢してお金を貯めるなんてまわり道しないで、誰かに頼んでみればいいんだよ。世の中案外、お金なんか介さずにできることは多いよ？　日本は高齢化が進んでるせいで、処分に困った家をタダ同然でもらえたりするんだし」

華美はなにも返せなかった。思いがけず、深いことを言われた。

「……っていうふうに考えられるようになったの、俺も最近なんだけどね」

起き上がりスウェットを着た直幸は、トートバッグの中から大きめのタブレットを取り出し、操作しだした。Apple社製だ。

「そんな高そうなの、いつ買ったの？」

「先週。こういうのはケチっちゃダメだよ。華美も他人の会社に投資するより、自分に投資したほうがいいよ」

なにか言いたくはなるが、一理あることを言ってくる。再びベッドに寝転び小さめの音量で動画を見だした直幸をよそに、華美は金融関連のニュースを扱う英字サイトをチェックする。その後ついでに、ブックマーク登録済みのいくつかのサイトやアカウントもチェックしていった。

SNSのアカウントを開くと、繋がりのある人たちが色々な写真や文をアップしている。結婚式二次会への招待を断った件《くだん》の友人も、アップしていた。南青山の自宅マンションへ届けられたイタリア製ソファーの搬入作業に立ち会ったという今日平日昼間の出来事が、三枚の写真とともに記されていた。一〇年ほど前、建材メーカーの一般職に就職したはずの彼女は玉の輿に乗り、いつの間にか会社も辞めたようだった。

ノートパソコンの電源をオフにした華美は、タブレットで動画を見続ける直幸を眺める。男だからといって女より収入が高く甲斐性がなくてはならないという世ではないし、ましてや結婚を前提とした交際のような雰囲気で二年半、つきあってきたわけでもない。

「なに見てるの」

直幸の横で華美もうつ伏せになる。ディスプレイの端には「ＬＩＶＥ」という表示があり、バーかホテル、もしくはえらく洒落た家なのかわからないが、薄暗い室内でタンブラーを手にした四〇歳前後の男性が、一人でしゃべり続けている。

「スエさんのムラの動画。有料会員限定の、生放送」

するとと直幸はタブレットの音量を上げた。

「ムラ？」

「スエさん知らない？」

「知らない。誰、スエさんって」

「テレビ世代みたいなこと言うね、華美は」

直幸は苦笑しながら言う。

「なんの人？」

「一言でいうのも、ナンセンスなんだよね。あるときは焼き鳥屋の店主やったり、映像作家、編プロ、コンサル、歌手、若手たちが住むアパートの大家とか、色々やってる人だから」

「テレビとか出たりもしてる？」

「テレビなんか！　あんな、質の悪い客しかいないところで、本格的な活動なんてしてないよ。ムラの宣伝のためコメンテーターとか少しだけやってはいるけど」

「有料会員ってさっき言ってたけど、なに？」

するとなおゆき直幸は動画のサイズを最小にしつつ、SNSアプリのページを見せてくれた。一番目立つところに、動画の男、末《すえ》の写真が貼られている。プロが撮ったものらしく、背景がボケている写真の写りは、動画より格段に良い。

「会員は今だいたい三五〇〇人いて、勉強会をやったりするコミュニティだよ。ビジネスに役立つ実践的な研修とか、ほぼ遊びみたいなこととか、目的別に作られたブロックごとにリーダーがいたりして、みんな自分にあったことを好きにやればいいんだよ。全会員数の三分の二以上は、リアルな集まりには参加しないでオンライン上で参加したり、レポートを読んだりするだけだけどね」

「はあ。具体的になにするの？」

「たとえば、なにか困難な課題を抱えてる人やチャレンジしたいことがあって周りからの協力を得たい人は、ムラ内で相談すればいいんだよ。専門的知識がある人たちが力を貸してくれたりするし。対価としては、その人ができることをすればいいんだ。スエさんなんかもう何年もムラメンバーたちの店でしか散髪してないし、この前も被災地でカフェを作りたがってたバッイチ子持ちの若いママが、メンバーの建設会社社長に自宅兼用のカフェをタダで建ててもらったばかりだし。直接的にお返しができないようだったら、ムラ内で貯めた信頼を、お返しすればいいんだ」

「信頼をお返し、って、なに」

「ムラ内独自のポイントみたいなもの。AさんがBさんになにかしてもらっても、Bさんにとって有益なことをAさんができないかもしれない。そのために、Aさんは他の人相手になにかをして、報酬としてシンライを得て、それをBさんに払ってもいいわけ。メンバーは全国にたくさんいるから、たとえばシンライをつかえばムラメンバーの経営する店で飲食ができたり、宿に泊まれたりするよ」

「……でもそのシンライって、ムラ内じゃないと使えないよね？　だったらすでにある円とかドルでいいじゃん」

「まあ、シンライには課題もあるけど、今の法定通貨だって終わるのは時間の問題だよ。各国が借金を減らすためにお金を刷りまくって、そんな価値の変わるものは信頼できないでしょう。実世界でなにも生み出してない人たちで、金が金を生むマネーゲームしてるんだから」

　ここにきて華美は、直幸が金融を語っていること自体に違和感を覚えた。彼の口から今まで、それらの言葉を聞いたことなどない。ふと、何度か直幸の実家の部屋を訪れた際に見た、小学生時代からの学習机に置かれた自己啓発本を思いだした。ひょっとしたら、あの手の人生の攻略本やムラとやらで誰かが書いたり話したりしたことを、自分の言葉として話しているのかもしれない。

「この流れは止められないね。現に、あちこちの似たようなコミュニティでも独自のポイントが生まれてるし」

「でもそれって、各国で独自通貨が生まれるのと、どう違うの？　国の境は越えられないんだし」

「そんなことないよ。アメリカのＳＮＳ企業が広めようとしてる暗号通貨なんてとっくに国の境なんて越えてるし。少なくとも今の、金持ちが金持ちになるためだけの変な金融システムとか、そういうのを壊せるってスエさんが説明してて納得できた。俺の理解力じゃすべてを華美に説明しきれないんだけどさ。要は、人になにかをしてもらったらなにかを返すっていう、顔の見える範囲で対価をシンプルに交換する世界に戻すんだ。古代の、貝や塩と山の食物を交換していたような、アップデートされた物々交換の世界にさ」

金融が高度に発達しきった世界で、貝や塩を交換する世界に、わざわざ戻そうとしているのか。

「直幸はお金払って、こんな動画見てるんだ」

「集まりにも参加してるよ。明日も午後、勉強会行くし」

急に変なものにハマりだして、どうしたのだ。華美はそう感じるも、今までなかったものにすがりたくなる気持ち自体はわからないでもなかった。直幸を昔から知っている人たちより散々聞かされ知ってはいるが、初体験を中学二年生で済ませた彼は、ずっと顔の良さでモテ続けてきた。そうであれば、必要以上の努力だってしないまま、過ごしてしまうだろう。ところが三〇歳を過ぎ、人生の流れが変わってきていることに気づいた。梯子を外された感でもあるのだろう。昔の万能感を、取り戻したいのかもしれない。

やがて動画を見終えた直幸と、二人してセミダブルベッドで横になり、消灯する。適度な疲労があるからか、華美は入眠のための暗算も必要としなかった。

東京へ向かう電車での乗車時間をつぶすため、華美はスマートフォンでメッセージの返信等にいそしむ。返しておいたほうがいいだろうなというものに返し終えると、今度は自分から人に送りたいメッセージをいくつか思いついた。

そのうちの一つは、毎年の今頃いつもやっているバーベキューに関するものだ。大学時代の演劇サークルの同期を中心として、期の近い後輩や先輩を呼ぶというのをやっている。はじめは花見だったが、いつしか花見より少し遅れた時期に、道具をレンタルできる都内の会場でバーベキューをするスタイルに変わり、五年以上経つ。今年の開催の連絡が、未だになかった。

幹事は華美の同期の、サークル内におけるおしゃべりな親戚のような役割をしている加世子だった。ただ人の好き嫌いがあり、基本的に集まりには、彼女のお眼鏡にかなわない人は呼ばれない。

〈バーベキュー、今年もそろそろやる？〉

華美がメッセージを送って数分後、返信があった。

〈先週もうやったよ！　華美はカフェめぐりで忙しくて、バーベキュー来ないかと思った！　恵那の二次会も来なかったし〉

途切れた、と華美は端的に感じた。大学卒業後からの恒例行事に、初めて穴が空いた。そして写真投稿型ＳＮＳアプリを開いた華美は、思いあたる投稿の日付を確認し、しまったと思った。県内に新しくできたカフェへ直幸と行った際、パフェの写真を投稿したのが、恵那の結婚式二次会の日だった。参加費と交通費などの合計一万三〇〇〇円ほどをケチり、行かなかったのだ。

加世子の文面からして、誘われた元サークル仲間の多くは、二次会に行ったらしい。華美からすると恵那は現役のときもそれほど親しい間柄ではなかったし、卒業後も疎遠だったから、会の頭数の一人として呼ばれているなら行かないでいいと判断したわけだが。否、むしろ加世子たちも華美と同じように感じつつも参加したからこそ、参加せず堂々とカフェに行っていた人間のことは、裏切り者とみなしたのか。

自分は約一万三〇〇〇円をケチったあまりに、友人たちからの信頼を失ったと華美は思った。毎年楽しみにしているバーベキューに、来年は誘ってもらえるだろうか。

都営線の駅に着き歩き出す際、日傘をさすのは、紫外線で老化しないための華美にとって半ば自動化された行動だ。一〇分ほど歩き、五階建ての古びたマンションの内階段を二階へ上る。中規模修繕工事を終えたばかりで、薄いグレーに塗り直された内階段は以前より明るくなっていた。チャイムを押すと母が出て、高度経済成長期の古いデザインの鉄製ドアを開け中へ入る。

「お父さんは?」

「リハビリと検査受けに病院」

「一人で?」

「うん。付き添うって言っても、聞かないのよ。もうすぐ帰ってくると思うけど」

2LDKの室内は桟や天井も低く、リビングに隣した江戸間六畳の和室も、小さい規格の畳が並べられている。その畳もだいぶ灼けてしまっているが、安さが取り柄の都営住宅だから仕方ない。華美はリビングの二人掛け合皮ソファーに座った。

「リンゴでも食べる？」

母に訊かれた華美は、食べたいわけでもなかったがうなずく。まだ午後三時過ぎだ。することもないし、往復の交通費が二四六〇円かかるが、月に一度はここへ顔を出すのも、自分に課したなんとなくの義務のようなものだと華美は思っている。

「進は相変わらず来てないの？」

リンゴをのせた皿を運びながら母は「ううん」と首を横に振る。兄の進と、華美は久しく会っていない。

会社を定年退職後、マンション管理人として働きだした父が突然倒れ心肺停止に陥ったのは、昨年末だった。幸いにも人の行き来の多いロビーでの清掃中だったため、救急病院へすぐ搬送された。五時間もの昏睡状態の末意識は回復したが、倒れた際の肋骨骨折はもとより、左手に軽微の麻痺、記憶力の低下、以前より我慢がきかない性格への変化といった後遺症が残っている。まだ六一歳だった。

二人とも千葉にいた頃近所づきあいで流されるまま加入していた高額医療保険のおかげで、入院費やリハビリに要する費用もほとんどまかなえていた。もっとも、金融商品としては欠陥だらけの医療保険に費やしてきた膨大な額の掛け金を、株で運用していたほうがはるかにマシだったという華美の見解に、変わりはないが。

さらにいえば、老後こそ都会生活が便利だと謳うメディアの扇動に流され、足腰も丈夫な五〇代のうちに都営住宅へ引っ越す必要もなかった。都営住宅への入居条件を満たすため、千葉の一軒家は破格の安値で売却された。妙に安定志向ではあるが、茨城の三流大学在学中にデキ婚したことからしても、二人の根本的な性格は行き当たりばったりなのだろう。そしてそんな性格でなければ、子は一人でいいと決めていたらしい二人の間に、華美が生まれることもなかった。

「華美、出かけるの？」

夕方に帰宅した父が華美の顔を見て口にした一言は、前後の文脈を聞き手の側が探さなければならないものだった。一三時間の昏睡あけに発した最初の一言も、「E27の電球」だったという。

「ファンデーションつけた顔を見て言ってんの？　日焼け止めの代わりに塗っただけ」

「あ、そう」

その後夕食の時間、父は酒を飲まず、煙草も吸わなかった。入院前までも発泡酒を一日に一本飲むだけだったし、煙草に関してはもう一五年ほど禁煙している。今でこそ休職中だが入院前までは、朝から夕方までの軽めの仕事で身体を動かしてもいた。母の作る料理も塩分は抑えめだ。つまり、健康を害するような生活習慣とは長らく無縁だったわけだが、六一歳の若さで突発的な心肺停止に陥った。

テレビでは、以前兄の進が下請けとして制作に関わっていた長寿バラエティー番組が流れている。高校卒業後、十数年間テレビ番組制作会社で下働きしていたが、数年前にそれも辞め、今は全然違う会社に勤め、一昨年結婚し娘が一人いる。兄の現況について華美はよく知らなかったし、顔を合わせれば男同士互いに無言だった父も華美と同じようなはずで、母だけが連絡をとっている。華美としては、自分や父をさておき母が孫娘目当てに時折兄の家へ行っていることに安堵するものの、送られた動画を見せてきたりする時の母の、孫娘可愛がり婆あと化したトリップしたような目つきが少し怖くもあった。

「またいつか、マンション管理人に復職するの？」

「東京は人が多いから、だいじょうぶだよ」

華美からの問いに、父はそう答えた。

「自分の代わりは他にもいるってこと？」

「俺が倒れても助けてくれるから、だいじょうぶってこと！　なんでわかんないか」

いくらか怒気をふくんだ声が響いた。家族の間で以前は滅多に現れることのなかった空気感に包まれた。ここ四ヶ月弱で対処方法が定まったのか、母はテレビ画面へ目を向けたまま無視している。逆行性健忘症で心肺停止前後の記憶が抜け落ちたという父は、着替えを用意すると鼻歌を歌い風呂場へ行った。

華美はふと、母が間食をしていないことに気づいた。食卓やローテーブルの上にはいつも、お菓子のパッケージ等が置かれていたが、それがない。

小銭を持っているとどうせ場当たり的にお菓子を買ってしまうのだからと、六年前から三年前まで、華美はよく薄給を理由に、数千円程度の額を食費として細かくせびっていた。母は小言を口にしながらも、まあそれで夜の商売とか変なところで働かれるよりはと、結局くれた。当時の華美としては、せびった金も複利効果で数倍になることを考え、将来贅沢をさせてやるのだからと、罪悪感はなかった。その間も、お菓子のパッケージが実家のリビングから消えることはなかった。

「お菓子買わなくなったんだね。健康に気つかってんだ」

華美が感心したように言ったところ、母が話しだした。マンション管理人としての父の復職が実は難しいこと。年金がもらえるようになるまであと四年あるし、クリーニング屋での母のパート代だけでは、ほとんど他へまわせるお金がないこと。そして、母方と父方両方の祖母の介護にまわす金をどうにかして捻出しなければならないこと。母方の祖母は群馬にある母の兄の家でずっと暮らしているが、ここ数年入退院を繰り返しており、その費用を兄妹三人で分担するだけでも結構な支出になっている。そして、千葉にある父の弟宅にいる祖母の認知症とわがままがひどくなってゆくうちに、あちらの家での介護に限界がおとずれ、一年前に叔父が予約していた老人ホームの空きがそろそろ出そうなのだという。入居費用は、叔父と父で折半することになるが、数百万円の出費となる。貯金も少ないし、グレードダウンの転職を繰り返した父の厚生年金支給額は国民年金とほとんど違わぬほど低いため、受給できる四年後からもそれほどあてにはできず、金を工面するのに困っているらしかった。

金を無心されているのだと、華美はようやく気づいた。

その後母は、孫娘のことなどを話し続けた。はじめのうちはあまり打ち解けていない様子だった嫁とも、かなり話をするようになったらしい。孫娘の成長も楽しみだと話す母を見ていた華美は、この人は死の間際までの喋り相手がほしいのだなとなんとなく感じた。それが彼女にとっての安心なのだ。

華美はあまり覚えていないことだったが、幼稚園に通っていた頃、喧嘩していた男の子のちんちんにパンツ越しに嚙みつき泣かせたことがあったらしい。父いわく、それで慌てた様子の母から、色々な習い事に通わされることになった。心穏やかな女の子として育つように。中学一年生頃まで、華美は女の子っぽい服を着せられていた。

会話が途切れたところで、華美はリビングから和室に移動し、ふすまを閉め部屋を独立させた。寝転びスマートフォンを開き、「食費二〇〇円で二億円！　アーリーリタイアを目指す会社員ブログ」の新着記事を見る。米国株のみに投資しているその人とは手法が似ているため、参考にしたりページビュー数で応援する意味あいもあり、華美は週に数度チェックしていた。会社で管理職についているその独身男性は五〇歳前後の人で、支出を最小限に抑えるため、職場から電車で二時間かかる郊外の安い賃貸アパートに住み、毎日のように閉店間近のスーパーで半額のしなびた天ぷらや半額のうどん、半額のもやし等、とにかく半額のものばかりを食べ続け、浮いた金を全力で投資に回していることが、毎日の報告として書かれていた。

続けざまに華美は、ここ最近の直幸が熱を入れている〝ムラ〟の一般公開ページへおとずれた。SNSアプリの中にあるムラは、新規加入者を募集するため、一部の動画や活動内容が見られる。動画にいたっては、別の動画アプリでも配信されていた。

ムラの主である末という四二歳の男の本を、華美はこの前東京の駅の書店で見かけて手にとった。『解脱《げだつ》3・0』という、余白と字間のやたら広い本をぱらぱらとめくったところ、「忙しい情報社会で電話やメールに五分以内に連絡を返さない相手は切れ」と説いてあった数ページ後には、「電話をかけてくる人は時間泥棒だから無視しろ」と説いてあった。

先日朝の情報番組でも、コメンテーターの席にいて時折しゃべる末を見た。その際、「無我夢中!」と目立つようにプリントされたTシャツを着ていた。ムラのオンラインサイトで見られるなにかのイベントの集合写真では、集まった数十人のメンバーたちのほとんども、「無我夢中!」Tシャツを着て写っていた。新しくアップされた動画の一つは、地方再生イベント後のオンライン打ち上げの様子のダイジェストらしく、日本酒をコークで割るのがお気に入りの末の真似をしているのか、いくつもの小さなコマに映るメンバーたちも、妙な色の同じ飲み物を手にしていた。

『……テレビ業界の人たちが私に出演を依頼してくるのは、凝り固まった業界で、予定調和の限界を感じているからなんだよね』

打ち上げとは別の動画の中で、末が本棚の前で語っている。雰囲気のある背景は、どこかの撮影スタジオか古本屋か。

『ただ、テレビ業界の人たちも、自分たちが遅れているとは気づきはじめていて、ネット上のこちらの世界のことを、脅威として感じつつはあっても、まだなめているところはある』

『ムラのみんなは私のことをわかってるからいいけど、無料公開の動画を見たあちら側の人たちからは、末だに毎日のようにもらうメッセージがあってさ。末おまえ、散々テレビのことを馬鹿にしてるくせに、そのテレビでコメンテーターやってるのは矛盾だらけだな、詐欺師、っていうふうに。……もう本当さ、そういうこと言う人たちって、マーケティングのことが全然わかっていなくて話にならないよね。開拓していないブルーオーシャンで活動することで、まだこっちの世界の魅力に気づけていない、旧態依然とした世界の洗脳が解けていない人たちを効率的にこちらの世界へ呼べるって、普通わかるよね。だからそんな馬鹿な人までこちらに呼ぶ必要はないんだけど、ごくわずかにいる感性の高い人たちを、こちらの正しい世界へ導きたいんだよね。そのための窓口の一つがテレビのコメンテーターなわけで、だから私の活動は全然矛盾してないんだよね』

十数分の動画を見終えた華美は、サイトにあがっている末のいくつもの写真を見る。どれも末にだけピントがあい、背景はボケ気味という、ちゃんとした機材でプロに撮られた写真だとわかる。ムラ内にはプロのカメラマンも何人かいるようで、そのうちの一枚、暗い空間で逆光に浮かぶ末の痩せた横顔の写真は、まるで闇の奥の教祖みたいな写真だった。

こんなコミュニティに参加するために、年収たった二〇〇万円台の直幸が、毎月五九八〇円もの会費を払い、人生におけるなにかしらの成功を目指しているというのか。しかも参加している信者たちは金を払いながら、内部でタダ働きをしていたりもするらしい。「旧態依然とした貨幣社会ともまだ関わりをもたなくてはならないから」と毎月数千人もの信者たちからおさめられる会費は、「おもしろいことをやるため」に使われたり貯められるとのことだ。自分の懐に入っているわけではないと、末本人はあちこちで述べていた。ただ直幸から聞いた話によると、なにかを作ったり場所を借りたりなどという活動のおおよそはメンバー間のタダ働きや提供でまわしているらしいから、毎月数千万円にものぼるお布施のほとんどは使われていないだろう。円は、どこにいったのか。

『……ここから先は、ムラ限定で公開するね。続きが気になる人たちは、ムラのメンバーになってください。月々五九八〇円で、過去のアーカイブもぜんぶ見られます』

動画を数本連続で見ていた華美は、自分を高く売り込むブランディングについての話の続きを聞きたいと思ってしまっていたことに気づいた。末に求心力があることはたしかだろう。影響を受けやすい人間なら、お金を払ってしまうかもしれない。華美の場合、そこで現実に戻される。お得な感じがするゴーキュッパ、って。円への執着、強すぎだろう。

無料で見られる動画をもう一つ見つけ再生してみると、我妻玲美《れみ》という一九歳のアイドル女性が古民家を再生しようとしていた。ここ短期間で華美は末関連の記事や動画に目を通しているが、古民家を再生している人がやたらといるなと感じる。個人で動画のチャンネルももっているようで、別のアプリを起動し華美はそちらのチャンネルのぶっちゃけトーク系の動画を続けざまに見た。我妻玲美は一六歳でアイドルグループのオーディションに受かりデビューし、テレビにも出ていた、わりと有名なアイドルらしい。しかし、「あたかも自分の意志で行ったかのように誘導される枕営業」が横行する「旧態依然とした業界から解脱」し、「しがらみのある世界をフラットにし、そこで真のアイドルになる」のだという。

華美は、この先の人生で忘れられるかもわからない感触を思いだしながら、自分の頃から一〇年経っても、まだそんなことが行われているのかと愕然とした。そして画面の中のアイドル我妻は、あたかも自分はやっていないかのような話し方で周りの枕営業の話をするが、彼女自身も枕営業をさせられたのだろうと華美は確信していた。決め手は、その目と口調から伝わってくる、復讐心の気配だ。

被害を受けているときは、自分がそれをやらされているとすら、思わない。自分に足りないところがあり、埋め合わせるための最善の方法がそれなのかもしれないと、なんとなく示唆された選択肢に従ってしまう。そしてしばらく時間が経ってから、気づくのだ。自分は不当な扱いを受けた、と。悔しくても、謝罪を求めるべき相手はもうとっくにいなくなっている。

華美の場合、学生演劇に熱を入れ、稽古続きでアルバイトをする時間もなかったあの時期は、都内へ通う電車賃も惜しみたくなるほどの極貧だった。とある公演終了後に声をかけてきた男からもらった、一回四〇〇〇円のインターネットラジオ番組の収録は、わりの良い仕事だった。一回目の収録に行くと他に歳の近い女の子が三人いて、いきなり芸名をつけられ即席のキャラ設定にしたがいラジオ番組を収録し、直後にカフェで打ち合わせをした段階ではもうアイドルグループになっていた。衣装も作ってもらい宣材写真を撮ってもらうとその気になってゆくもので、小規模のライブ等イベントの話も次々と組まれ、しばらくすると、もっと大きな仕事をとれそうだけどあの人が権限を握っているんだよねと、マネージャーの男から言われたりするようになった。

振り返って、華美は思う。当時の自分に力があれば、あんなことには従わなかった。今の自分はもう、アイドルまがいのことはしていない。しかし、男たちが中心となって動かしている社会に対しての復讐心のようなものは、今も残っているのかもしれなかった。

会社から帰宅後、簡素な自炊で夕飯を済ませシャワーを浴びると、華美はニューヨーク市場が始まるのを待ちながら、テレビのニュース番組を見ていた。

経済情報をよく扱う局で、東京のテレビ局スタジオで綺麗に着飾ったアナウンサーや経済の専門家といった人々が真剣に語っているのを見ていると、自分も経済の世界へ片足を突っ込んでいる心地になれるのがいい。街頭インタビューで丸の内や銀座、品川、あるいはニューヨークなんかが映ると、千葉の車社会にいる自分が、東京や世界と接続している感じがした。

身なりの良い裕福そうな欧米人が出ても、華美は引け目を感じなかった。なんといっても自分は、世界有数のあの食品メーカーの、日本法人で働いている。テレビに映るオフィス街の緑は、カメラのセンサーが高性能なのか、嘘っぽいくらいに色鮮やかだ。

午後一〇時二〇分になった時、華美はノートパソコンの電源を入れ、玄米茶を淹《い》れた。入社二年目までは毎日飲んでいた酒も、今は週末たまに飲むくらいだ。税金を高くとられる嗜好品は、切り捨てた。

それに、数十年後には何億円にも増えているはずの資産を使うためにも、長生きしたい。お金のことをつきつめるとおのずと、早く死ぬ前提で激務と派手な浪費の不摂生な生活に励むか、長生きして金の効力を愉しむべく健康志向になるか、どちらか選ばざるをえない。軽自動車を持つ前までに乗っていた原動機付自転車などという、あんな危険な乗り物には死ぬまで乗らないと決めていた。

四〇歳を過ぎたら年に二回は健康診断を受けるつもりでいる華美があまり酒を飲まない理由は、他にもある。アルコールの作用により、金融市場での判断を鈍らせないためだ。最低でも一〇〇〇ドル以上のやりとりを行ううえでは、セント単位の上下にも神経をとがらせなければならない。一五〇円の発泡酒を飲んだばかりに数百ドルの高値摑みをした苦い経験を、二年前の夏に一度していた。

高揚して強気になってもいけないし、悲観するあまりチャンスを逃してもならない。フラットな精神状態を維持しながら挑む。それは華美にとって、熱心にとりくんでいた芝居でつちかった高度で繊細なコントロールと同じだった。顔の表情をつかさどる微細な筋肉や声帯の開き具合まで、二度と同じ場には立てないという真剣さをもって操ってきた。それと同じようにして、年に二五〇万円を生む己の分身の構築に励むのだ。

経済的に困っている両親に、今五〇万円ほど渡すこともできる。しかしその五〇万円を年利五％で運用し、また一度、多くの企業の四半期決算を経る三ヶ月後まで待てば、一・〇一二五倍の五〇万六二五〇円にはなるし、場合によってはもっと増やすことも可能だ。プレマーケットの価格を見ると、高配当銘柄のいくつかが前日終値を大きく下回っていた。高配当銘柄は下落しにくいぶん、買い増しするチャンスだ。

しかし、年利五％のペースでしか資産を増やせないことに、ここ数日の華美はじれったさを感じている。そういうときは周期的におとずれた。

市場が始まると、配当銘柄も成長銘柄も、バラバラに値が動いた。全体的には下落している。英字サイトをチェックすると、要人発言による米長期金利上昇への懸念や、アメリカの数々のハイテク銘柄の好決算といった、市場に影響を及ぼす材料がそろっている。

乱高下する市場には、危険と隣り合わせのチャンスが潜んでいるものだ。華美は久々に、短期取引を行うことにした。

直近の決算は悪くないのに、かなり下がっている銘柄が二つ、華美の目に留まった。銘柄のティッカーコードや企業名で検索してみるが、事業内容自体にマイナスを及ぼすようなニュースはない。しかし決算がアナリスト予想を下回ったという、事業の本質とは関係ないが投資家の売りを誘発するニュースはあった。二つの銘柄の株価は、市場開始後一五分ほどの時点から下げ止まり、均衡状態を維持し始めた。

買いのチャンスはもうすぐ終わる。

自分と同じことを考える世界中のトレーダーやＡＩたちがそれに気づき、続々と買い注文を入れ適正価格に戻るまで、あと二〇分も要さないだろう。

華美は購買余力約五〇〇〇ドルを、二つの銘柄に振り分け、指値注文を入れた。次世代電池を扱うハイテクセクターの成長株は注文直後に売買成立し、もう一方、華美の指値から価格が上がり約定しないでいたバイオ銘柄の指値をもう少し上へ変更しかけたところ、いきなり下がって売買が成立した。これからもっと下がるのかと不安になった華美だったが、約一分後にはバイオ銘柄の株価も買値を越え、もう一〇分後にチェックしても買値より上を維持していた。

買った二つの銘柄はともに無配当の成長銘柄で、売却益で稼ぐ投機銘柄だ。長期投資家の華美だったが、デイトレードやスイングトレードになろうが、儲けるチャンスがあれば見過ごさない。買ったばかりの二つの銘柄に対し、過去半年以内につけた最高値近くで指値売り注文を入れておく。

購買余力がなくなった華美はノートパソコンの電源をオフにすると、歯を磨きベッドへ横になった。脳が興奮しており、入眠のための暗算を必要とした。翌朝五時、ニューヨーク市場が終わった時間ちょうどに自然と目を覚ました華美は、スマートフォンで登録銘柄の終値を見た。次世代電池の銘柄は買値より五％上昇していたが、約定にまでは至っていなかった。バイオ銘柄は過去半年の最高値を市場開始二時間後の時点で一瞬上回った後、終値は買値とほぼ変わらないという有様であったが、華美の出した指値売り注文はちゃんと約定していた。たった一晩で、二五一二ドルが三二一八ドルになった。

日本円換算にして七万円以上の売却益が出たことになる。会社の実労働で同じ額を稼ごうとしたら、一〇日ほどかかる。

二度寝しようとしたが眠くはなく、華美は末のムラの無料動画の新着分を眺めた。今さらになって塩や貝みたいなもので対価の交換をしようとしている、おかしい人たちの集まりだ。人類は効率性を求めて、現在の高度な貨幣社会を築き上げたというのに。

そのいっぽうで華美は、ノートパソコン上での昨晩わずか一時間以内の操作で、会社での実労働一〇日間分ほどの利益を得られたことに関し、どうしてそうなるのかの仕組みがよくわからないとも感じていた。素晴らしいサービスを提供しようとしている企業が事業を拡大させたりする際に資金が必要で、そのために新規発行株を売り投資家が買う。そこまでは理解できるが、既に発行された株を投資家たちが市場で売買することがなにかを生み出しているのかと問われると、実のところ華美にはよくわからない。株価を支えることがその企業の信用を保つ、なんていう文章も読んではいるが、身体で理解できてはいない。

「コングロマリット」

その日仕事を終えたあと、会社から家へ帰る車中でチャーリー・パーカー『ブルーバード』のアルトサックス演奏を聴きながら、華美は独り言をつぶやいた。語感が好きでつぶやいているだけで、資産運用がうまくいっているときなんかに時折口から出た。ほかにも、「ピーイーアール」とか「アニュアルレポート」といった経済用語なんかもつぶやいたりする。とにかく夜のニューヨーク市場が待ち遠しく、相場が始まるまで三時間近くあるにもかかわらず、車をとばした。薄いボディーの軽自動車内ではスピードに比例しロードノイズが大きくなり、チャーリー・パーカーたちＪＡＺＺバンドの演奏を邪魔する。スピードを上げ家に着くまでの時間を短縮させる感覚は、二五一二ドルを年利五％ではなく日利約二八％で運用した昨日今日の感覚に似ていた。

華美の肉体の時間は一日しか経過していないのに、運用資金は、普段の一〇〇〇倍以上もの速さで成長した。そのぶん時間を短縮でき、まるで自分が時間を操る超能力者になったかのような心地よさに、華美の心身はつつまれていた。どんな美容液を塗るより、アンチエイジングできている。

昨晩買い、売り注文が約定していなかった次世代電池銘柄の指値売り注文価格を、買値の六％上に設定し直した。すると市場開始数分後に、約定した。売却利益にかかる現地での税金と手数料を差し引いても、約五％の利益になる。一年ではなく丸一日で、五％儲けられた。そのぶん、時間を三六五分の一に短縮させられた。

人生の時間は限られている。長期投資などというノロマなことはしていられないのかもしれない。時間の魔術師と化した華美は、丸一日で増やしたドルを元手に、昨日以上に乱高下する相場に挑んだ。

三日連続で下落し続け、今日少し持ち直してきた金融決済システム会社の株を、ほぼ底値に思える価格で成行買いする。続いて前日比でいったん八・三％下落し、すぐにマイナス六・〇一％にまで持ち直した宇宙開発産業銘柄の株価推移を華美はチェックした。五年、一年、半年、一ヶ月単位での価格推移も見て、下落材料のニュースにも目をとおした結果、今の価格は適正価格より安いと判断し、前日比マイナス六・五％の指値で買い注文を入れる。

トイレへ行き華美が戻ってくると、成行買いしたばかりの金融決済システム会社の株価は買値より四％上昇しており、宇宙開発産業銘柄の指値買い注文も約定していた。しかし現在価格は前日比マイナス六・五％どころか八・三四％にまで下落しており、売り注文と買い注文の激しいせめぎ合いがリアルタイムで展開される中、今日の最安値は段々と下方へ更新されていっている。

これは、持ち直すのか。

それともさらなる奈落へ落ち、再び上昇するまでに数ヶ月、もしくは何年もかかるのか。

宇宙開発産業銘柄の株価は、前日比マイナス九％を突破した。画面に釘付けになっている華美は、冷静になろうと深呼吸をする。

ここは思い切って、損切りすべきなのか。

今ならまだ、買値から二・五％のマイナスで撤退できる。成行売り操作をすべきかと華美が思ったそのとき、少しだけ上昇し、マイナス七・八三％にまで持ち直した。このまま買値のはるか上へ上昇するのか？　そう期待した直後、リアルタイムの株価は再びマイナス八％を下回った。

どう動けばいいのかが、わからない。

まるで自分の考えを見透かし、それを出し抜くかのように、市場が先回りして動く。派手に負けて以来ここ一年近くは短期取引に手を出していなかったため、その感覚を華美は久々に思いだした。

市場に参加している大衆は、バカではない。

大衆は、自分たちなのだ。

自分だけが発見したと思った市場の歪みや抜け穴も、気づいた華美が行動に移ろうとする時点ですでに、〝自分たち〟により正され、儲ける余地をなくされてしまう。

自分たちが、追いかけてくる。自分たちに、のみこまれる。

宇宙開発産業銘柄の株価が前日比一〇%マイナスを突破したとき、華美は思わず笑い声をあげた。焦りは依然としてあるが、少しだけ冷静さを取り戻せている。

勝負はここからだ。自分という、自分にとってもっとも尊い存在も、株式市場では大衆として翻弄されるうちの一人でしかない。それを認めることではじめて、自分たち大衆より少しだけ先回りし、そこから勝ち抜ける可能性が生まれる。


〈日曜日、例のサーフィン行かない?〉

翌日金曜の昼休みに入ってすぐ、華美はスマートフォンに届いていたメッセージを読んだ。中学・高校時代の友人佐知からだった。引きずっている疲れであまり頭のはたらかない華美は返信を保留し、持参した弁当を食べたあと、喫煙ルームにも行かずデスクに突っ伏して寝た。

車中でエリック・ドルフィーを聴きながら帰路をたどる頃には、華美の頭も活性化していた。暗くなり風景から日本っぽさが薄まる夜にJAZZを聴いていると、自分がニューヨークに住んでいて、金融で儲け三〇代でアーリーリタイアし広い家にでも住めているかのような心地にひたれる。ただ現実として、昨夜のトレードは不調だった。買ってすぐ下落した宇宙開発産業銘柄は買値から三%マイナスの指値で売り注文を出し午前二時頃に寝たが、朝に確認したら約定しておらず、終値は前日比マイナス一四・二%となっていた。

　帰宅し夕飯をとった華美はくつろぐのもそこそこに、昨日の市場を分析する。多くの銘柄が前日比を下回っていた。特に、無配当成長株のマイナスが多かった。年間配当が株価の五%以上になる配当株のうちまともなものは、電話会社と煙草メーカー等の数銘柄しかなかった。割安なのは、無配当の成長銘柄に集中している。

　それにしても、各指数に採用されている主要銘柄をざっと見る限り、前日比マイナスをあらわす赤字だらけだった。買いたい株が下落しているぶんには、絶好の買い場ともなりうる。ただ、もっと下落するのであれば、今買うと損する。

　大衆は――自分たちはどう動くのか。自分たち、の最小構成員である自分は、どう動くか。その一歩も二歩も先を見通さなければならない。

　華美は直感的に、一昨日あたりから続いている相場の地合いを、不安定で危険なものと判断している。しかし世界中にいる自分と同じような思考の投資家たちが同じことを思っているのは確かで、だからこそその裏を、もしくは裏の裏、または裏の裏の裏の裏を読まなければ、勝つことはできない。

　シャワーを浴び思考を整理した華美の結論としては、市場が嫌気ムードにつつまれている中、大きく値下がっている割安成長銘柄を買う絶好のチャンスなのではないかとまとまった。今週最後の市場が始まるまで、一時間近く余裕があった。アラームを一時間後にセットし、仮眠をとる。

市場開始直後と終了間際に、株価は大きく変動する傾向にある。開始一〇分前、澄みきった頭で華美は手先を読むことに集中した。

自分は特別な一人であるという意識からの解脱が、肝心だ。大衆と化し、大衆たる自分がどう動くかの予想のわずか先に、勝機を見いだす。

ニューヨーク市場やナスダック市場の開始から一時間ほど経過した頃、華美は苦戦していた。〝自分たち〟の数手先を読み出し抜いたつもりでも、どこまでいっても〝自分たち〟に追いつかれる。十数分後に株価が急上昇することを見込み買い注文を入れようとした銘柄は、華美が注文操作に入るより数秒前に急騰した。反対に、大衆たる自分を裏切ろうとして波に立ち向かい、マイナス材料だらけの割安株を買った数秒後に買値より下落しはじめ、大衆と比べ大負けした。

一昨日一気に増やした短期用投機資金をすべて含み損に変えてしまった華美は、パソコンの前で身動きがとれなくなっていた。まるで相場に参加している自分の一挙手一投足や思考を、得体の知れない誰かに、すべて見られているとしか思えない。売ればその直後に値上がりしたし、買えば下落した。

短期取引を行ううえで、華美には苦手なことがあった。損切りだ。長期投資向けの配当株なら、保持しているだけで四半期ごとに配当があるので、必ずしも売る必要はなく、むしろ価格が下落した場合は買い増しのチャンスとなることが多い。

いっぽう、無配当の成長株は買っただけではなんの意味もなく、売りで利益を確定させなければならない。買値より下落しても売らなければ損失も生じないわけだが、どこまで下落するか、買値より上になるのがいつになるかもわからない。その間、まったく利益を生まない金融資産を塩漬けのように放置することで、他の銘柄を買い儲けるチャンスが失われる。

頭では理解できていても、市場へ真剣に向き合った末の己の決断や人格の否定にまでつながるようで、買値より安く売ることだけは、なかなかできないのだった。一切の操作ができない姿を、モニターの向こうにいる無数の自分たちから見られ、嘲笑われているように感じる。

まだ確定していない損失やそれにともなう辛苦も、時間が解決してくれるかもしれない。ノートパソコンをスリープ状態にさせた華美は立ち上がり、身体をほぐした。午前一時過ぎだ。身体の凝りはひどいものだが、脳の興奮と、市場開始前に一時間仮眠したこともあわさり、眠気はない。植物の手入れをすることにした。

台所でやかんに水を入れ、上を向いた枝の先に細い葉を放射状に逆立たせているドラセナ・ホワイホリーと、バナナの葉と似ている大きな葉を上向きに何枚も向けているストレリチア・ニコライの二鉢に水をやる。センカクガジュマルの表土にはまだ湿り気が残っていた。

二年前の春にすべて同じ六号鉢で買ったものの、葉が大きく葉緑素も多いストレリチア・ニコライの成長は早く、昨年の秋、成長しきった多肉質の根が陶器製の鉢を割ったため、八号鉢へ植え替えた。鉢を大きくしたことで、ストレリチア・ニコライの巨大化には拍車がかかった。葉が白っぽく細いドラセナ・ホワイホリーの成長は遅く、葉緑素の多いセンカクガジュマルの成長は早かった。地表に露出した丸っこい葉自体に、華美は面白味を感じていない。センカクガジュマルの見所は、肥大する根だ。何本も絡み合った女の脚、もしくは性行為最中の男女の下半身のような根の写真をインターネットで見て以来、華美はそのグロテスクな魅力にとりつかれていた。しかし市場では根が肥大したものはなかなか売られておらず、自分で育てるしかなかった。二年ほど土中に埋めているぶん、根はそれなりに肥大しているはずだが、地表に出している期間は根の成長も止まるらしいため、成長に期待する華美はまだセンカクガジュマルの肥大した根を拝めないでいる。根の成長をうながす大きな要素は、日光と土の適度な乾燥、そして時間の経過だ。

まだ眠れそうにない華美は、動画配信サービスで海外ドラマを見始めた。英語特有の周波数に耳を慣らし続けるのも大事だ。今では会社でちょっとした英語の翻訳を頼まれるくらいだが、米国株に手をつける前までは、英語だってそれほどできなかった。英語の経済サイトを読んだり基礎的な文法を学び直したことではじめて、華美は外資系企業に勤める英語が得意なビジネスパーソンになれた。車の中でJAZZを聴くようになったのも、とある海外ドラマの中でJAZZがたくさんかかっていて、お洒落な雰囲気に惹かれたからだ。

軽い揺れを感じたとき、海外ドラマを映すディスプレイには、海に臨したマイアミの高いビル群が映っていた。揺れない国だからこそ、あんなに高いビルをたくさん建てられるのだろう。するとと無性に、米国株を買い増したい気分になった。地質学的にも経済的にも色々と、日本より安全そうだ。シーンが切り替わると、海辺の大邸宅で雑草のように生えている巨大なストレリチア・ニコライが映った。

翌日九時過ぎに自然と目覚めすぐに確認したところ、高値掴みをした宇宙開発産業銘柄の株価が、買値から四％ほど下がっていた。

予定は入っていない。直幸はムラの活動とやらで、この土日で長野の村で一泊してくると話していた。

小綺麗だが狭いUR賃貸住宅の内装を一度ぐるっと見回してから華美は、昨夜見た海外ドラマに映っていたアメリカの家と違い、なんでこんなに閉塞感があるんだと思った。あちらでは、司法取引による証人保護プログラムで匿われている元犯罪者なんかのほうが、ここより広くて綺麗な家に住んでいるっぽい。このUR賃貸住宅の狭さは言うなれば、刑務所だ。そしてここだって、東京都心の独房みたいなワンルームよりはマシだ。

再びベッドに寝転んだ華美は、スマートフォンの写真投稿型SNSアプリで「サーフィン」と打ち込み検索した。海外ドラマの海のイメージが残っていたし、明日久々に行くことになっているからだ。すると、よく日焼けしたものすごくスタイルの良い日本人女性が写っており、加工では不可能な自然な美しさに惹かれよく見ると、一時ドラマ等にもよく出ていたアイドル上がりの女優だった。三八歳の彼女が写真集を出したらしく、違法アップロード画像として投稿されているようだった。昔は色白のイメージだったが、こんな小麦色に日焼けしていたとは知らなかった。サーフィンが趣味らしい。何枚か投稿されているうちの一枚に笑顔の写真があるが、目尻の笑い皺は隠されていないし、うなじが大きく写っているショットのシミも、消されずに堂々と残されている。

華美は、こんなに強い人は滅多にいないと感じた。日焼けを気にしなくていい人の贅沢さだ。彼女はもう、皺といった肉体表面の老化くらいでは、幸せを左右されないフェーズにいるのだ。六インチの小さな画面を通して他にも色々な記事や写真、動画を眺めているうちに、自分が証人保護プログラムの人たちより狭い家に住んでいるという実感は華美の中で薄れていった。

だらだらと過ごしているうちに、空腹感に気づいた。朝から水しか飲んでいない。同時に、この空腹感は無視できるなとも華美は感じた。今日は出社するわけでも、夜に株の売買をするわけでもないから、生産的なことを行うためのエネルギーはさほど必要でない。ブラウザに「粗食」と打ち込み検索すると、どうやら粗食でいるとサーチュイン遺伝子というものが活性化し、細胞の若返りがはかられ、シワを防止しダイエットにも良いらしい。

なにもしなくてもモテていた、二〇歳から二〇代半ば頃までの外見に戻れるのであれば、戻ってみたい。人並み以上の身長と肩幅に人並みの脂肪がついたことによる、なんともいえぬ威圧感がなくなれば、なにかを取り戻せたり、もしくは少し前の時点からやり直せそうな気が華美にはする。たとえば二二歳のときと比べれば三二歳は一〇も歳をとっているが、六〇歳になった自分や他人からすれば、三二歳現在の自分なんてまだ生物としては若く、その若さを活かし色々楽しまないともったいないだろう。

べつに、ごく一時期やっていたアイドルを今さらまたやりたいとは思わないし、合コンなんかで新たな異性関係を楽しみたいとも、華美はそれほど思ってはいない。なんというかもっと純粋に、若さを実感できることがやりたいのだ。

三八歳サーフィン女優の老化を厭わないメンタルと比べれば、身体の表面の若さを維持しなにか楽しみを享受しようという態度は、幼いのかもしれない。つまるところ肉体の美しさなんて、どんなにつきつめても、受動的だ。他人や自分にどう見られるか気にしている時点で、主体的でない。皺やシミなどどうでもいいと、肉体を消耗品にしてしまっている人と比べれば、幸せのレベルは劣る。しかし三八歳サーフィン女優も昔は色白で、若さと美しさがひきよせた幸せを散々享受してきたのだ。自分ももっと多くそのような思いをしなければ一生解脱できなさそうだと、華美には思えた。

写真投稿型ＳＮＳのタグをたどったり検索していった華美はやがて、女性コスプレイヤーたちの写真にいきついた。アニメやゲームのキャラクターに似せた格好をした、劣化の遅いエナメルや繊維で作られたコスチュームとカツラに身を包み、否、むしろ意図的に露出されまくった太股や胸元といった生身の肉体のほうが強調される彼女たちの肢体に対し、こういうことかもしれないと思った。調べてみると、有名なコスプレイヤーたちの中には三〇代半ばくらいまでの人たちもいた。カツラやメーク、カラーコンタクトといったもので、顔はどうにでもなってしまうのだろう。そのかわり、首から下、特に脚のシルエットや肌の質感は大事らしかった。皆、日頃の食生活やトレーニング、美容整形等、色々なやり方で身体を保っているようだった。

自分にできそうなコスプレでもないかと探し、そもそもアニメやゲームにそれほど詳しくないためその甘さをカメラ小僧たちに見抜かれそうだしやめたほうがいいかなと早くも思いだした華美は、複数使っているSNSのうち、友人知人たちの結婚報告がよくあがっているSNSの通知において、一件の友達申請が来ていたことに気づいた。

「YUICHI MUROTA」とは、大学三年から会社員一年目までつきあっていた、室田優一だろうか。サムネイル写真は、どこか青い海の浜辺で撮った、アロハシャツを着てサングラスをかけた全身写真だ。なんで今さらと思いつつプロフィールをクリックした華美は、「銀行員、仏外人部隊を経て現在はフリーの傭兵です」とまとめられた経歴を見て、同一人物だという確信がもてなくなった。フリーの傭兵？　つまらないギャグだろうか。しかし華美が知っていた限り、演劇サークルで一期上だった優一は、飲み会で酔っ払ったりしても皆の前ですすんで面白いことを言うような人ではなかった。二人でいるときは、それなりに笑わせようとしてきてくれたが。

ただ、実家のある愛媛の地銀に就職していたことからも、銀行員という経歴までは本当で、そこから先も本当でないとはいえない。優一が愛媛に戻るとほぼ同時期に華美のアイドルとしてのネットラジオや各種イベント参加が始まり、遠距離恋愛になった。

それから一年弱経ち、華美自身も就職を直前にしてアイドルの真似事から完全に離れた後、東京にいた優一の友人を誘って肉体関係をもち、それが彼にバレた。自分は男を自由に捕食する女であり、決して捕食されたのではないと、そんなに好みでない中年男のことも己の立身出世のため捕食したのだと、枕営業をさせられたわけではないのだと、思い込もうとした。

そして、優一からの信頼を失った。

別れ話をした際、やはり遠距離恋愛は続かないのかなと、妙な落ち着きをみせていた彼の態度が華美には意外でもあった。申し訳ない気持ちがありつつも、話し合いですんなり別れた。ただ今にして思えば、あの別れのスムーズさは、繊細な気質の男だったからこその、ある種の極端さだったのだろうと華美はとらえている。よりを戻そうとする連絡は一切なかった。それが一〇年経って友達申請してきたとは、もう完全にふっきれてこだわりもなくなって久しいのか。

一連のことを思いだすと、「仏外人部隊を経て現在はフリーの傭兵」という行動の極端さも納得できるところがあり、彼は今フリーの傭兵をやっているんだなと華美は思った。仏外人部隊について調べてみると、最短五年間の任期中、戦地へ派遣させられ負傷したり、銃弾が前頭部から後頭部へ貫通し数時間後に死んだりということもあるらしい。すごい職業だ。よく知らない国で銃弾を受ける可能性と隣り合わせで仕事をするのに比べたら、本当にはよく知らない国の株を売り買いして大損状態でいるのもかなりマシなほうだなと思えた。そして華美の頭の中では、やたらと戦争をする国としてアメリカがイメージされ、アメリカを形作る無数の企業、そんなアメリカの企業から株を通じて搾取している自分は、優一のような傭兵たちより強いのではないかと変なことを思った。

軽自動車を運転し目的の一軒家に着いた華美は、肘までの丈がある日焼け防止手袋とサンバイザーを身につけたまま、自分の車から佐知のミニバンへ乗り換えた。

「旦那は?」

「今朝帰ってきた。仕事のつきあい、だってさ」

ダッシュボード上のデジタル時計を見ると午前六時五三分だった。輸入中古車ディーラーのオーナーを務める佐知の夫の黒いベンツのクーペが、車庫から顔をのぞかせている。

軽自動車より格段に遮音性とショック吸収性に優れた佐知のミニバンで海へ向かうドライブは、快適だ。工場とUR賃貸住宅の往復、それに熾烈な米国市場で負けているという負の感情から抜け出せる。サーフィンはここ二年で七回だけ経験していた。

「高速代とガソリン代、私が払うね」

「え、いいよべつに」

「じゃあ、行きの高速代だけでも」

「わかった」

高速道路料金がＥＴＣ割引で片道一〇五〇円であることと、ミニバンの燃費で往復約一二〇〇円のガソリン代がかかることは、事前に計算していた。それらを負担しサーフィン道具の割引レンタル料六〇〇〇円を足しても、東京で遊ぶよりは金もかからないし、現世というか、肉体が若いうちにしかできないことに金と時間を費やすのは、自分に許すことにしていた。

華美はまだ七回しかやっていないが、サーフィンの楽しさはサーフィン以外の遊びでは代わりがきかず、それら若い頃の体験や記憶は、老後の蓄えになるはずだ。それを追い求めるあまり紫外線による肉体の加齢を加速させてしまうのは嫌だが、黒いウェットスーツならＵＶＡ波もＢ波も防げたし、顔に塗りたくるＳＰＦ50＋ＰＡ＋＋＋＋ウォータープルーフタイプの日焼け止めも持ってきている。

海沿いの道に面したクラブハウスの駐車場には、グレーのハイエースと黒塗りの大きな４ＷＤが停められていた。「HUMMER」というロゴの角ばった巨体の４ＷＤは品川ナンバーだ。去年初めて会ったときには黒い国産セダンに乗っていた、田中という男の車だろうと華美は思い至った。今回のメンツに関しては、このクラブハウスに勤める綾女《あやめ》から、適当に人を集めるという連絡が入っていただけだ。

クラブハウスのラウンジに入ると綾女の他に、ほぼ一年ぶりに会う田中、そして華美の知らない男がいた。迎《むかい》という男は、大手繊維メーカーに勤める田中の同僚だという。つまりは東証一部上場企業の社員だ。M型に後退気味の黒髪に色白な肌、インディゴジーンズにチェックのシャツという見てくれからしても、田中よりはおとなしそうな雰囲気だ。飲み歩いたり風俗三昧だという自堕落な生活を「貯金がない」と楽しそうに語っていた田中のように、迎もそれなりには遊んでいるのだろうか。

「彼氏は来ないの？」

田中が綾女に訊いた。二人は十数年前の元アルバイト仲間だった。

「昨日から当直だから無理」

綾女が長くつきあっている彼氏は二七歳頃まで派遣労働やアルバイトを転々とした末、四年前に上限年齢ギリギリで千葉県警の採用試験に受かった。今年、結婚するという。

「来ないんだ。ちょっと安心」

「なんでよ」

「警察の人がいるなんて緊張するし」

「フミさんが逮捕されるとしたら、どうせ違法風俗とかハプニングバーくらいでしょ」

言われた田中は大きな声で笑い、一昨日の夜にも会社近くで飲んだあと店舗型の風俗で遊び中目黒のマンションまでタクシーで帰り、一夜で八万円ほど使ったという話をした。

「ほんと、貯金なんて全然ないよ。来月のカードの支払いもやばいし」

綾女から五〇〇円の掛け捨て傷害保険に加入させられたあと、割引レンタル料六〇〇〇円の精算も済ませ、更衣室へ。華美はレンタルの黒いウェットスーツを着る前に、開封したての日焼け止め液を顔や首、手や足といったスーツから露出する部分に塗りたくった。光にかざすと、三〇ミリリットル容量のうち、残量は半分にまで減っていた。

サーフィン経験が今回で四度目の迎への講習もそこそこに、一同は遠浅の海の防波堤付近へ進みだす。綾女についていくと、潮の流れに乗れたのか、身体がボードごと沖へ流されはじめ、さほど体力も使わないままサーフポイントにたどり着けた。華美はごく数秒間、なんとかボードの上に立つ。慣らしは必要としたものの、身体技法の記憶が脳や神経へ蓄積されているどころか、前回終了時より洗練されている感覚があった。余計な動作の記憶がそぎ落とされたのか。周りからも褒められた。いっぽう、華美と同じく今回が八度目となる佐知はすぐにボードからひっくり返ってばかりだった。

「こっちに戻ってくるのが疲れる。華美はパドルも、泳ぐのもうまいよね」

休憩で浜辺へ戻った際、体育座りの佐知が言う。

「スイミング教室通ってたから」

「そうなんだ。天才将棋少女は、スイミングもやってたのか」

天才将棋少女。小学生の頃から中学一年生くらいまでのわずかな期間しかやっていなかったが、その言葉の響きは華美にとってしっくりとくる。

「他にも体操教室、そろばん教室、普通の塾とかも。ちゃんとものになったのは、将棋だけ」

「新聞に載ってたしね。今考えると、やめちゃったのもったいないよ。続けてれば美人女流棋士ってもてはやされて、テレビ出る人とかになれたかもしれないのに」

将棋の腕前は県で注目されるほどだったが、同じくらいうまい人は珍しくもない。若かったからこそ、チヤホヤされた。中学で入部した演劇サークルで演技にハマって以降、二つやるのは無理だと将棋のほうをやめた。高校では帰宅部だったが、大学で再び演劇サークルに入ったことで、中学時代とはまた別の形でのめりこんだ。大学から演劇を始める人間の中には、飲み会目当てだったり、軽い気持ちで始める人もいたから、中には演劇ばかりやってきた人間にはあまりない珍しい空気をもちこむ人もいたりして、華美は刺激を受けた。身なりに気をつかうようになったこともあってか、信じられぬくらいに異性からモテるようにもなり、ある程度の容姿の良さを求められるコンパニオンのアルバイトをしたり、コンパニオンで接客した客が演劇を見に来てくれたりと、意のままだった。将棋と演劇でやることは違ったが、若さでチヤホヤされ得したという点においては、同じだ。

佐知はやがて一一歳年上の夫がたまに性行為におよぶ際、頑なに避妊してくること、キャバクラや風俗へ通うだけでなく何度も浮気を繰り返していることを話した。離婚を考えているとは三年くらい前から言っているが、佐知は未だに離婚も別居もしていない。高校卒業後、コンビニアルバイトやガールズバー、スーパーのパートタイマー等を転々としてきた彼女には、安定した収入を得るための専門的職業スキルが、特に備わっていなかった。

相づちをうちながら華美は思う。財産や秀でた才能といった人的資本ももたない人が、自分より資本を多くもつ人と結婚しても、裏切られたりして弱い立場に追いやられる。いっぽう、緻密に構築された複利運用システムは、管理者を裏切らない。佐知の手元にも五〇〇〇万円さえあれば、システムを構築し、クソみたいな夫と離婚できるのになと華美はいつも思う。

「田中さん、私に興味ないかな」

「え、あの人？　佐知、見る目ないねやっぱ」

「ほどよく遊んでるくらいで、根は真面目って感じがしてよくない？　中目黒だし」

「中目黒に惹かれるとか、田舎者かよ」

「華美はあの人のこと嫌いか。まあたしかに浪費家で、華美の真逆だもんね」

「嫌いではないけど、なんとなく、お金を使わない自分のほうが間違っているのかなって、メンタル乱される」

やがて五人で近くのラーメン屋に入った。醤油ラーメンが七五〇円の店だ。他に数組いる客も、サーファーやその付き添いらしき人たちだった。そのうちに、食べ終えて窓の外を眺めた綾女が口を開いた。

「通り雨降ってる？　ハマーの黒いボディー、雨粒がレンズになって焼けちゃうね。フミさん電車で来ればよかったのに」

「いいんだよ、ハマーでボディー焼けなんか気にしないよ。それに平日は乗れないから、こういうときにでも乗らないと。駐車場代月五万も払ってるんだからさ」

煙草を吸いながら田中が答えた。普段乗らない外車を維持するために、駐車場代月五万円。保険や車検等、その他の維持費も高くつくだろう。五万円の五％は二五〇〇円。

田中が勤めている国内大手繊維メーカーは、働く身からすれば給与が高く福利厚生もしっかりした優良企業かもしれないが、投資家の立場からすれば、うまみのない企業だ。ただでさえ粉飾決算、無配、減配だらけの日本企業の株に華美は興味を抱いていなかったが、その中でも会計上問題の多い企業だったと記憶している。去年田中と初めて会ったあとに、調べたのだった。

投資家の観点からすれば、華美が勤務する食品メーカーのアメリカ本社のほうが上だ。東証に上場している日本法人株のほうは目も当てられないが、ニューヨーク市場で売買される本社の株は過去三六年間、減配も無配もない。

「吸わない人？」

華美は田中から訊かれた。田中に綾女、佐知も煙草を吸っていて、華美と迎だけが吸っていない。

「華美は節約でやめたんだよね」

かわりに佐知が答えた。

「節約？　そんなんで煙草やめられる？」

「入社二年目の一年間、月給が二〇〇〇円くらいしか昇給しなかったのに、一年目と違って住民税やらもろもろ引かれて、かなり生活が苦しかったんですよ。その年の夏に禁煙しました」

「華美の財テクすごいんですよ。株買ったりしてて」

佐知が田中に笑顔で話す。

「株か。迎の貯金もすごいよ」

「そうなんですか?」

佐知の言葉に迎が微笑し、田中が続ける。

「貯蓄魔もいいところ。まず車なんて持ってないから、今朝も俺が市川の社宅まで拾いに行ったし」

市川市は東京に隣してはいるが、まぎれもない千葉県内の市だ。

「配属先が市川なんですか?」

華美が訊くと、迎が「新橋の本社です」と答えた。市川から新橋までの電車通勤はかなり時間もかかるだろう。華美たちより四歳年上の田中の同僚だから、迎は三六歳か。田中は対照的にとっくに独身寮を出て中目黒の家賃が高いマンションに住み、五万円の駐車場代まで払っている。

家賃の自己負担が一万円ほどで済んだぶん、華美もかつては県内の社宅にできるだけ住み続けるつもりでいた。しかし四年前に二八歳以上の社員は全員退寮させられ、その節約術も使えなくなった今となっては、三六歳で社宅に住めている迎が羨ましかった。

「迎の貯金額、五〇〇〇万だよ、五〇〇〇万」

田中が大げさな口調で言い、迎は否定しない。佐知も綾女も驚いていて、華美は自動的に五〇〇〇万×一・〇五の計算をしていた。正確には、計算さえ必要としていない。五〇〇〇万円とは、華美が作ろうとしているシステムの完成型として、そこにあてはまるべき数値だ。五%で運用し年間二五〇万円を生みだすために必要な、母体の運用金額。

「投信や国債なんか、買ってるんですか？」

華美が訊くと、迎は手と顔を横にふった。

「ぜんぶ普通預金と定期預金です。ペイオフの上限額で、各銀行に分散しています」

やらせて、と華美は思わず言いそうになった。

なんの運用もされていない五〇〇〇万円がすぐそこにあるという現実に、歯がゆさを覚える。マージンなど一銭もいらないから、華美は迎の貯金を運用させてほしくて仕方なかった。

自分の持つ金が驚くべき潜在能力を有しているという真実を、自覚してほしい。そして段々と、腹立ちへ転じてきた。迎は年間不労収入二五〇万円を得られるのに、それには見向きもせず、節約のため千葉の市川くんだりから東京の新橋まで毎日満員電車に揺られて通勤している。都心で家賃一〇万円のマンションに住んだとしても、年間で一二〇万円、つまり五〇〇〇万円を五%で運用した場合の配当益の半分にしかならない。それに独身で毎月安定した高い給料が振り込まれるのだから、株価の下落や配当減があったとしても、さほど問題はない。たまたま給与の高い企業に就職できただけで、この男は金のことなどなにもわかっていない馬鹿者だと華美は思った。

「気が合うんじゃない？」

迎と華美を交互に見ながら綾女が言うと、田中が大きくうなずく。そこに、今回の集まりの隠された意図を見透かした華美だが、愛想笑いするのが精一杯だった。たしかに、トッピング無しの普通盛りラーメン――最も安価な品を注文したのは、華美と迎だけだ。

普通の人には、投資家が貯蓄魔を蔑む感覚は、わからないだろう。同じ金でも、迎の死んだ金と、私の生きた金は似て非なるものだと、華美は思う。

腹ごなしが済むと、華美は日焼け止めを塗り直し、皆と一緒に再度海へ出た。波にひかれてなのか、サーファーたちがどんどん集まってきている。華美は綾女に、波の形が悪くてももっと空いているところで自主練したいとことわりをいれ、人気《ひとけ》のないほうへ進み始めた。

移動しながらも、乗れそうな波に乗ることを試みていると、没頭していった。脳がゼロになる感覚。数秒後には波に沈むとわかって少しだけ進むことに、なんでこんなに無我夢中になれるのか。波になんとか乗ると、数秒の時間経過とともにさっきいた場所からほんの少しだけ、自分が過ぎゆく。

派手に沈み、華美は体勢を整えようと一息ついた。熱っぽく興奮する感じは株のトレードとも少し似ているが、あちらにはずっと我が在り、無我にはなれない。それも未来の我が。未来の我はまだ存在しないのに、それを大事に現在の行動を規定されるのが、株のトレードだ。いくらウェットスーツを着て日焼け止めを塗っても多少の肌の老化を避けられないサーフィンには、今しかない。今だけに集中することが、こんなにも気持ち良いものなのか。

こういう、身体の奥深くから満たされる楽しい時間が、永遠に続けばいいのにと華美は感じた。どこにも不自由のない身体は意思どおりに動き、ちょっと遊ぶための時間と金があり、それにつきあってくれる友人たちがいる。佐知に子供ができたり、綾女が正式に籍を入れたりしても、彼女たちはこんなふうにして遊んでくれるだろうか。

楽しい時間には、止まっていてほしい。

そしていっぽう、時間が進まないと株の配当がもらえず、分身も育たない。

時間には止まっていてほしいし、早く進んでほしい。どちらも、華美の切なる願いだった。

ふと華美は、パドリングをしているのにどんどん斜め後方へ押し流されていることに気づいた。目視できる波の表面が穏やかなため気づかなかったが、かなり強い潮の流れにはまっている。沖へ流されるわけではないから大丈夫かと華美が感じたのもつかの間、潮の流れる先を見当づけて、悪寒が走った。

海に鉄板を刺した構造の防波堤が迫ってきており、その鉄板にはぽっかりと大きな穴が空いている。奥へ流されたら、流れに抵抗できないまま、満潮で力尽きるかもしれない。

必死にパドリングを試みるも、振り返る度に視界中でどんどん大きさを増してゆく。赤錆だらけの鉄板の上にあるコンクリート部分が下に影をなし、間近からだとまるで海面に開いた奈落みたいに見えた。鉄板に身体を打ちつけられ、救出不可能な奥まで流されてしまう。つまり死ぬんじゃないか。遠くのほうで、綾女たちが気づいたようだった。助けてもらえる可能性より先に、気づいてもらえたことに安堵した。誰にも知られず行方不明になるのは、嫌だ。懸命にパドリングをしても奈落は三、四メートル後ろへと迫ってきていて、一か八か、ボードと足首をつなぐコードのベルクロを外しボードを離したところで、立ち泳ぎをする華美の身体はそれまでとは異なる方向へ流れだした。すんでのところで、防波堤に空いた穴に呑みこまれずに済んだ。ボードはすうっと穴に呑み込まれていった。

そのまま遠浅の海を横に流され続けると、足が着くポイントまで出た。周りには誰もおらず、海の遠くのほうにいる何人かの姿が、豆粒大に見えるだけだ。

誰の声も届かない。華美には波の音だけが聞こえていた。

六月の半ばを過ぎても、宇宙開発産業銘柄の株価は華美の買値の半値あたりをうろうろするばかりで、他にも売るに売れない無配当の塩漬け株が二つあった。売却益で儲けるための成長銘柄には、配当がない。

給料、上半期ボーナス、配当収入と、近日中に新たな運用資金を手にする華美だが、買いたい配当銘柄はどれも割高になっていた。安値がついているのは、華美がたまたま雰囲気で買ってしまっていた、一部のハイテクセクターを中心とした無配当成長銘柄ばかりだ。なすすべもなく、華美はノートパソコンのディスプレイを見る。無数に並んだ数値が秒毎に変わる様は、朽ちた木の下でたくさんの小さな虫が蠢《うごめ》いているかのようだった。

年利五％前後の高配当銘柄一年分の配当にあたる利益を一日で得るという、時間を短縮させる超能力を失って久しい。そんな力が一時期の自分には備わっていたことが、今の華美には懐かしかった。

買うべきではなかった無配当成長銘柄を割高なときに買って以降、経済誌やネット情報を読みあさったり、反対に己の判断力を研ぎ澄ませるため情報を遮断したりもしたが、どうやっても〝愚かな大衆〟から抜け出すことはできなかった。

とにかく今は、自分にとって地合いが悪い。株の売買で大切なのは銘柄の選択だけでなく、売買のタイミングもだ。地合いが悪いときはスリーパーとして市場の外で眠っていることが望ましく、それこそが長期投資家として本来求められる姿である。

華美自身、実のところ自分は、長期投資家と短期投資家を都合良く行き来するだけの市場のカモではないかと思わなくもなかった。

ニューヨーク市場が開いてから二〇分足らずで退場しようとしたとき、着信があった。母からだ。

——最近どうしてるの？

わりと強引な流れで最近の苦労話が始まった。依然として父は働きに出られず、母のパート賃金も低いうえ、互いの親の老老介護にあてる費用がかなり家計を圧迫している。おまけに先週、久しぶりに突然電話をかけてきた長男の進が事業資金を捻出するため金の無心をしてきた。断ったらしいが、いざ本当に金に困って人様に迷惑をかけるんだったら、その前に一度は援助してチャンスを与えなくてはいけない、と母は語る。我慢のきかない性格になってしまった父と二人で暮らし、色々と静かに追いつめられている状況は、華美にもかわいそうに思えた。

「進にあげるのはぜったい反対だけど、二〇万くらいならそっちに送ろうか」

連日の上げ相場の影響で時価総額一六〇〇万円ほどにまで成長しているシステムから生み出される、直近の配当金の合計が、それくらいの額になる。

「そのかわり、しばらくそっちには行けないよ。いろいろと、忙しく働かなきゃいけなくなるから」

土日出社などないが、都営住宅まで通う往復の電車賃二四六〇円と時間は節約したい。母は感謝を述べるとともに、異論は口にしなかった。二〇万円を払うことで、顔を出さなくていい権利を買えたと考えると、ぜいたくな買い物をしたように思えた。

電話を切ってから華美は、勢いで言ってしまったかとつい今しがたの自分の言動を省みたが、配当銘柄が割高な今、すぐに使う金ではない。

両親に二〇万円を送っても、給料やボーナスは手つかずのまま残る。つまり両親を助けるのは、工場の経理として働く華美ではなく、時価総額一六〇〇万円分の配当システムだった。自分自身は親のもとへ顔も出さない冷たい人となり、四半期毎に金を生み出す半端な分身のほうが、親思いの家族として人を助ける。

分身がもっと成長し、毎年二五〇万円を生み出すまで――今の華美やかつて旅行会社にいた頃の父の年収と変わらないレベルにまで育ったら、働き者の家族として、誰よりも頼れる存在となるだろう。

すぐ眠れそうになかった華美はテレビをつけ、ニュース番組にチャンネルを合わせた。抗酸化作用のあるビタミンCとEの錠剤を水で胃に流し込み、床上で下半身のストレッチをしながら特集を見る。年間三兆円にまでのぼっている生活保護費問題についてとりあげていて、古く狭い県営住宅に住む四〇代男性の質素な生活にカメラが向けられていた。プライバシー保護のための編集を施された顔や声で、働けない理由を語っている。たまに、散乱したBlu-rayのパッケージや大量の空き缶なんかが映った。やがて映像は海外の生活保護の実態へきりかわり、華美の体重の三倍くらいありそうなおばさんが困窮生活についての不満を語っていた。今の時代、困窮すればするほど、餓死からは遠ざかるみたいだ。

すると、ウォール街でスーツを着ている人々やニューヨーク証券取引所の株価ボードなどの映像が短く映され、やがてアメリカの大学教授へのインタビューが流れた。世界人口のうち、所得の低い半数の総資産と同額を手中におさめているたった数十人の大富豪たちと、その他大勢の中流・貧困層との格差問題について語っている。

給料と配当収入をあわせても年収三三〇万円ほどにしかならない華美だが、世界トップの大富豪たちが一生のうちに使いきれもしない金を、まるで猿みたいにひたすら集めたがる気持ちも、なんとなく理解できる気がした。死してなお世間に影響力を保持できるような、自分の分身を作ろうとしている。

もし自分が、事故や大病で早く死んだら――華美の脳裏には、先日のサーフィンのことが甦っている。創造主がいなくなっても、配当システムのほうは増え続ける分身として、自分より先に生を受けた両親を助けるのか。それとも配当だけを使うという考えが伝わらず、娘の分身はすぐ食いものにされるのか。姪の信託口座でも作りそこに相続させるようにすれば、仮に死んでも、しばらくはそこで延命できそうな気もする。

テレビも照明もオフにしベッドへ横たわった華美は、頭に浮かんだ二〇万円という数値に関する暗算を始めた。年利五%で運用すれば年間一万円の利益で、その一万円も一年間運用すれば五〇〇円の利益を生み出す。〇・〇五を掛けてゆく計算に一は含まれておらず、そのぶん計算は楽で、疲れているときなどはだいたいそれで暗算した。

工場の人気の少ないフロアで華美が帰り支度を終えると、一九時五八分だった。残業代は一五分単位で加算される仕組みのため、誰の目もないことをいいことに、カードリーダーの前で二分待つ。二〇時になってすぐ、出退勤カードを打刻した。

車のシートに座ると、先日痛め治りかけていた腰が少し痛んだ。会社のOAチェアだと平気だったが、軽自動車のシートの薄さと角度が悪いのか。大学時代にかなり親しかったクラスメートの結婚式が土曜に京都であり、新幹線代をケチりぎゅうぎゅう詰めの格安夜行バスで往復したところ、腰をやられた。日曜も診療している病院で診てもらい、ほぼ寝たきりだったため丸一日分の時間と治療費を無駄にした。治療費をバス代に足すと、結局新幹線に乗っていたほうが安く済んだし、時間も無駄にしなかった。

エンジンを始動させると、スマートフォンの音楽アプリと連携させているカーオーディオが、今朝かけていたマイルス・デイヴィスの『エニグマ』を途中から再生させる。今朝ここへ車を停めてから一一時間ほど経ったはずなのに、実は物事はなにも進んでいなかったのではないかという、妙な感覚に華美はおそわれた。

田畑に囲まれた一本道をしばらく進んでいると、信号の明かりやネオンライトが見えてきた。

一〇〇台ほど収容できる駐車場のまわりに、ディスカウント系スーパーや飲み屋、カラオケ店が並んでいる商業地だ。増改築を繰り返した末今の形に落ち着いたのか、入り組んだ作りになっている。スーパーとコインランドリーに挟まれた一方通行の駐車場入口から徐行速度でハンドルを切りようやく駐車させた華美は、トートバッグを持ち車から出た。

敷地のそこかしこにネオンライトやスピーカーがつり下げられ、飲み屋のほうから男たちが大笑いする声が聞こえる。暗い田んぼ道の真ん中にあるこの敷地は、大学時代に演劇サークル同期の男のアパートで、深夜に数人で流し観した映画『地獄の黙示録』に出てくる、ジャングル奥地のアメリカ軍前線基地みたいだと華美は思う。ふくらはぎにとまった蚊をたたきつぶしスーパーへ入ると、すでに野菜コーナーとパンコーナー、総菜コーナーは閉められ、見切り品がワゴンにのせられていた。見切り品の野菜をいくつかかごへ入れ、他にも足りないものをとってゆくと、ブラジル人女性店員がレジ打ちする列で会計を済ませ、レジ袋代五円がもったいないのですべてトートバッグに入れる。

運転席のドアを閉めると、たちあがった闇と静寂に、華美は今日ようやく一息つけた心地がした。こういう、仕事帰りに食料品買いだしで寄ったスーパーの駐車場でしか感じられない心地良さのようなものは、東京にはないだろうとふと思う。資産運用の本を読んだりすると、車は金食い虫でしかないから、田舎では車が必要などと言い訳せずとっとと都会へ引っ越せ、というような論が、経済合理的に正しい判断とされがちだが。

エンジンをかけた。カーステレオからマイルス・デイヴィスが再生されると、華美の意識はJAZZの聖地であるニューヨークへとび、世界最大の証券取引所の夏期開始時刻二二時三〇分が、頭に明滅する。

UR賃貸住宅の駐車場に車を停め、ドアを開け車内灯がついた際、助手席が濡れていることに気づいた。白い帆布製のトートバッグの底も赤黒い色に汚れていて、中を見ると側面を下にするように傾いていた半額のトンテキのパックから、ソースがこぼれ出していた。

家の中に入りすぐスマートフォンと手帳のカバー、財布の汚れを拭うと、バスルームでトートバッグにお湯をかけたあと石鹸を擦り込んでおき、バケツにお湯を入れ布巾二枚と中性洗剤を手にし外階段を下り、車の助手席シートを掃除した。

それらが終わった頃には、帰宅してから四〇分ほど経過していた。レジ袋代の五円を節約したばかりに、こんなことになった。残業後の身体にはひびき、しばし呆然とした。

夕飯とシャワーを済ませ、ニューヨーク市場をチェックすると、アメリカ本社の株が二日連続で下落していた。

海外サイトで下落理由を探すがそれらしいものはなく、なにかごく小さなネガティブ要因に大衆とAIが過剰反応したものだと華美は判断し、寝かせてあった軍資金のうち一五〇〇ドルぶんで〝自社株〟買いを行った。アメリカ本社の株は今の買値で考えると年間三・八九%もの配当を得られる、優良配当銘柄だ。

すると、日本法人の千葉工場に勤務する一労働者としてのストレスや腰のうずきが、一気に軽くなった。工場に勤務している人の中で、アメリカ本社の株を買っている人など他に誰もいないだろうと華美は思っている。今日も職場で自分にストレスをもたらした何人かの人々を、密かに出し抜けた気がした。日本法人からアメリカ本社が吸い上げた資金を、株主の自分がまたより多く、吸い上げられるようになったのだ。

翌々日、華美は西新宿で開かれる無料投資セミナーへ向かった。証券会社協賛による、初心者向け長期投資についてレクチャーしてくれるセミナーだ。ネット上で告知を目にし、フォームから申し込んだ。

米国株しかやらない華美は日本株についての情報をあまり必要としていなかったが、その決めつけが視野を狭くしているのではと感じたのだ。いつのまにか偏った、悪いほうへ流されていないかとの自戒がはたらいた。

開始一〇分前に高層ビル内の会場へ足を踏み入れると、ほとんどの席が埋まっていた。後方の席から前を見ると、銀白色の髪か地肌がかなり見えているかのどちらかの後頭部で七割以上は占められており、たまに見受けられる女性も中高年以上だ。

「普段、どういったスタイルでやられているんですか」

休憩時間に入り、華美は隣の白髪男性から話しかけられた。その男性の顔見知りらしき同じような年輩の男性二人も寄ってきて、若い女は珍しいのか、華美に興味津々という態度を露にする。老男性三人は同じようなセミナーや優待銘柄の株主総会、優待券を使える都内の映画館やレストラン、カラオケ店で何度も顔を合わせる間柄らしい。

楽しそうに語り合っている老男性たちは、お茶やコークのペットボトルに水道水を入れたものや手製のおにぎりを持参し、低価格アパレルメーカーの作る服に身を包み、タイヤメーカーブランドのスニーカーを履き、華美と同じく格安スマートフォンを持っていた。

やがて三人は華美に対し、働かないで配当生活を送るための投資の心得や節約術について語りだした。華美はなぜかしら彼らから目を離すことができず、相づちをうちながら聞く。経済情報に限らず、知性を研ぎ澄ませたければ大型書店やインターネット通販サイトでめぼしい本の書名と作者名をメモに記し、後日図書館で借りて読むことで書籍代を浮かし、食事は徹底的に自炊を貫く。やむをえず外食する場合も株主優待券が使える店に絞り、それはカラオケやボーリング、映画館といったあらゆる商業施設でも同じだということ。

貧乏くさい。

そう感じた華美だったが、三人それぞれの金融資産が時価総額にして一億円を超えていると聞いて、驚いた。一億円分以上の金融資産を手にしても、タイヤメーカーブランドの靴を履くのか。そして優待券を消化しきるために自由を奪われているようにしか見えない彼らの姿が、最近目にしたなにかに似ていると思った。

家賃四万二〇〇〇円、と誰かが口にしたとき、華美の頭に県営住宅の光景が浮かんだ。テレビで見た、古く狭い部屋だ。たしか、夜のニュース番組で扱われていた、生活保護費受給特集で見たのだ。モザイクがかけられ声も変えられていた画面の中の受給者たちの生活と、ここにいる配当生活者たちの生活様式が、ぴたりと重ね合わさる。

華美は愕然とした。

ブランド品も買わず友達づきあいも制限し、分身のような配当システムを作った先に待っているのは、生活保護費受給者たちと同等レベルの配当生活だというのか。

さらに、三人中子供がいるのは一人だけで、一人は二〇年ほど前に離婚、もう一人は結婚経験なしだと知る。一億円以上を保有する老いた男性たちに対し、金を使いきれないんじゃないかと華美は思った。子供もなく節約貧乏生活を続けた末に、莫大な額の財産を国庫に没収され、予算消化やバラ撒き財政での無駄遣いで、塵と消える。

「長い投資人生の中で、苦しい時期とかありました？」

半ば役割のように華美が訊くと、隣に座っていた老人がもっとも声高に色々な武勇伝を語っていて、もう一人が平成バブルやリーマンショックについて語る一方、ただ一人だけ、損した話については一言も触れなかった。記憶を消したくなるほどの損失でも、出したのだろうか。

「まあ、私らが生きているうちは、ちょっと不況がきたくらいだったら平気だろうね」

「……でもさっきセミナーで聞いたことが、気になります。今の先進国の中高年たちも株を切り売りするようになって、世界中で株の買い手が減ってきたり、円やドルの価値が激減したら、どうなるんでしょうか？」

最初に声をかけてきたタイヤメーカーの靴を履いている人の言葉に、華美は疑問を呈してみた。

「うん？　そんなの心配しなくても、これから発展するインドとかブラジルの人たちが買い支えてくれるでしょう。だから株は安全だよ。ドルもまあ大丈夫じゃない？　円はわからないけど」

イベント終了後、割引優待券が使える格安居酒屋で飲まないかという老男性たちからの誘いを断り、華美は帰路につく。すると中央線で東京駅方面へ向かう途中、四ツ谷を出てすぐのところで電車が止まった。水道橋から飯田橋間で人身事故があったとアナウンスされた。

席に座っている夫婦らしき中年男女のうち男が小さく舌打ちし「競馬か？」とつぶやく。水道橋には馬券を販売するウインズがある。そして今日は日曜だ。競馬のレースで一世一代の賭けに出て、有り金すべてをすった人が、自ら命を絶ったか。

しかし、芝やダートのコースを走る馬にすべてを託した真剣勝負の末負けて死ぬ様は、なんだか画になる。華美は、金を増やそうとしたがために金を失ってしまったであろう勝負師に対し、馬鹿にしたり憐れんだりする感情が一切わいていないことに気づいた。「人身事故」に身を投じた線路上の人にも、これまでの競馬人生では、他にはえがたい刹那的な充足感があったのではないか。

ディスプレイの中で行われるだけの株売買に、充足感はあるだろうか。

運行再開を待ちながら、華美はスマートフォンのブラウザにお気に入り登録している「食費二〇〇円で二億円！　アーリーリタイアを目指す会社員ブログ」にアクセスした。相変わらず、一ヶ月半前から更新が止まっていた。

六年以上にわたりほぼ毎日更新されてきたブログが、前触れもなく更新されなくなった。閉店前のスーパーで買う半額のパンや、酸化しきった半額の揚げ物を毎日のように食べ続けてきた五〇歳前後の男性が、血管でもやられて、相場どころかこの世から退場してしまったのだろうか。

もしそうだとしたら、九〇〇〇万円ほどにまで増やしたと書かれていた株はどうなるのだろう。主が不在となった株は、誰にも手をつけられない口座の中で、アンコールワットの遺跡をのみこんだガジュマルのように、延々と成長を続けるのか。

華美は今日見た光景を頭の中で反芻する。白髪と禿頭の中高年たちは、華美が初めて目にした〝自分たち〟の姿だった。そして一億円以上の金融資産を持っている三人の〝自分たち〟は、生活保護費受給者のような身なりだった。

自分が自分である限り、どうやったって、貧乏質素生活から抜け出すことはできないのではないか。金をいつどのように使うかという意志決定は、実のところ人生をなにも変えやしないのかもしれない。たとえば人生の終盤で株を切り売りして使い切ろうとしたときに、世界的株価暴落に見舞われ、それが一〇年近くも続いたらどうなるのか。そもそもの前提として、自分が買った株は将来的に誰かが高値で買ってくれるだろうという、曖昧な期待の上にしか成り立っていない。本当に数十年後、インドやブラジルの人たちが買ってくれるかは、わからない。たとえそれらの心配が杞憂で、数十年後無事に大金を手にできたとしても、足腰がダメになって旅行もできず、持病で美味しいものも食べられない身体になっているかもしれない。

つまりは若いうちに大金を手にして、人生を謳歌しなければなんの意味もないということになるが、たとえ今大金を手にしたとしても、華美は自分が豪遊などせず優良配当銘柄の株を買っている姿しか思い描けなかった。資産を複利で増やした一〇年後には、そのさらに一〇年後の複利効果を考えている気がする。

仕事を終えた華美が軽自動車を運転し帰路についていたところ、国道で渋滞にはまった。デューク・エリントンのピアノとジョン・コルトレーンのサックス共演を聴きながら、ブレーキペダルにかけていた足をたまに離す、というふうにほぼクリープだけで進む。やがてパトカーの赤い回転灯が見え、数分後、交差点近くの路肩に前半分がつぶれた軽自動車と、その事故の巻き添えをくらったのか、フロントバンパーが部分的に凹んでいる大きなセダンが止まっていた。救急車は来てもう引きあげたのか、両車両の運転手らしき人たちの姿はない。事故現場を通過すると、家まではスムーズに流れた。

直幸もＧＴ－Ｒで実家を出て同じ渋滞にハマったが、華美の帰宅も遅くなっていたぶん、十数分程度の時間差でやって来た。華美はローテーブル上に置いた電気プレートに、手早く準備したお好み焼きのタネを広げる。すると、グレーのショルダーバッグから大きなレンズの一眼カメラを取り出した直幸に、華美はヘラを握っている姿を撮られた。

「そんなゴツいカメラ、持ってたっけ？」

「買ったんだよ。ＳＯＮＹのミラーレス一眼」

「高そう」

「四〇万しないくらいかな。アクセサリー含めたら四〇万超えたけど」

「高っ……」

ちょうど焼く工程における待ちに入ったところで、手を止めた華美は無言でＳＯＮＹのカメラを見る。

「最近、一期一会の出会いも多いしさ、できるだけ高画質で撮っておきたいと思うようになったんだよね。華美の今の姿も、今しか撮れないわけだしさ」

「でも、高すぎるって……。年収二五〇万の人が、四〇万のカメラ買うなんて……」

「それはさ、たかだか金の問題でしょう。あとになって、やっぱ高画質で記録しておけば良かったなって思っても、時間は金で巻き戻せないんだから。だったら、巻き戻さなくてもいいように、今使っちゃえばいいんだよ、お金なんて」

まるで将来金持ち、もしくはシンライ持ちになるのを保証されているかのような言い方だ。

「同じくらいの給料もらってる私なんて、京都に格安夜行バスで行ったってのに」

「ああ、腰痛めたって言ってたね。華美の自由だから俺あのとき言わなかったけど、そういうケチり方って、一番馬鹿げてると思うよ。この前、ムラの活動で軽井沢に行ったときも、俺はちゃんとグリーン車に乗ったもん。グリーン車はいいんだよ、席間が広くてテーブルも使えるから、色々と作業もしやすいし。作業しなくてもゆったり座れるから、身体を休めて、着いた先でやりたいことに集中できるし」

こういうときの直幸は、相手の顔へ自分の顔を向けつつも、黒目は相手へ向けていなかったりする。まるで頭の中の原稿を読んでいるかのような話し方というか。

お好み焼きを食べ終え、テレビを見ている直幸をよそに、華美はノートパソコンで米国市場のプレマーケットの値動きをチェックしだした。そしてふと直幸に対し、テレビ見てるじゃんと思った。ムラの中で、時代錯誤のメディアと扱《こ》き下ろされているテレビを。

一般人が現物株を売買できる午後一〇時半まで、あと二時間ほどある。プレマーケットを見る限り今日の市場は好調なことが予想されるが、そんなものはあと二時間のうちに変わったりするからな、と華美がチェックを終えようとした際、ＣＭのタイミングで隣にやってきた直幸がディスプレイの中で躍る無数の数字やグラフを一瞥《いちべつ》し、呆れともとれる笑みを浮かべた。

「なに？」

「いや、そんな毎日株やらなくても」

「毎日売買してるわけじゃないよ。テレビ見るみたいな感じのチェックだよ、日課の。それに四〇万のカメラ使ってる浪費家さんと違って、こっちは月に何度かクリック注文するだけで、短期でうまくいったときなんかは八〇万くらい儲けたりもするんだから」

「それはすごいけどさ、お金儲けて、そのお金使って、なにがしたいのかってこと。華美が得意なことって、株以外にもっとあると思うんだよな。華美ができることを誰かにしてあげて、そのかわりに華美がやってほしいことをその人にやってもらうほうが、お金を介さないぶん絶対にロスが少ないんだから、そういうのを考えたほうがいいと思うよ」

「だからそんなのは変だってさ。古代ローマの兵じゃないんだから、戦に参加する対価に塩をもらうみたいな交換は、面倒すぎるって。直幸たちのムラの考えは、おかしいよ」

「どっちがおかしいのかな。会社で年に二五〇万円分の労働しかしていない華美が、株の世界では月に何回かクリックするだけで八〇万円稼げちゃうほうが、おかしくない？　その八〇万円は、どこから生まれたの？　誰かが受け取るはずのお金を、奪い取ったんじゃないの？　ただのクリック操作で」

言われた華美は、金融について無知な人が述べがちな正義のようだと感じる。株で儲けるというとすぐに格差だ、錬金術だとふりかざしてくる不勉強なだけの人が世間では多数派だ。

華美がメインでやっている配当金を再投資する投資方法は、古く泥臭い手法だ。しかも最近は、売却益狙いで無配当の成長銘柄を買っておいたほうが、市場全体が下がった局面からの回復も早かったりする。儲けと回復の両方のスピードが遅くなってきているとなれば、配当金再投資狙いのその手法を捨てるべきなのかもしれないが、華美は配当金にこだわっていた。たしかなもの、という実感があるのだ。言い換えれば、配当金のない株に対しては、実感のなさを覚えているのかもしれない。

そして直幸が口にした、誰かから奪い取ったんじゃないかという問いに対し、自分の実感をともなうような確信めいた否定の言葉を、見つけられない。

「華美がただ既存の通貨を儲けられるってだけで、株取引なんていう、誰のためにもならないことにそんなに時間を注がなくてもいいと思うんだ」

「新規発行株を投資家が買うから、企業に金が集まって、便利なものが作れるんだよ。そのSONYのカメラだって」

ただ、SONYはもう新規発行株などずいぶんと出しておらず、既に発行された株が、証券市場で売買されているだけだ。それどころか、近年は自社株買いを進めている。SONYに限らず企業によっては自社株買いをしているから、投資家が儲ける以外に意味がないであろう売

文藝春秋の新刊

7

2021

「画家のアトリエ」©大高郁子

買のほうが、圧倒的に多い。

「それに誰のためにもならなくても、自分の将来のためにはなるでしょ」

「なにかがしたいなとか必要だなとなったそのときに、信頼さえあれば、金なんかなくてもどうにでもできるんだって。だからさ、まだ価値があるうちにお金なんか使っちゃって、幸せな体験に変換したほうがいいよ。使わない金は、死んでるのと同じなんだし」

その後、直幸と入れ替わりで風呂から出てきた華美は、ミラーレス一眼カメラの電源を入れ、さっき撮られた写真を見た。そしてボタン操作で一枚ずつ、遡ってゆく。直幸が撮影しているからか、「無我夢中！」Tシャツを着たりしている華美の知らない人たちがお店の座敷で飲んでいたり、屋外の水風呂につかっている男数人や、グラスとマイクを持っている末、そして直幸も写っている集合写真なんかがあった。数十枚はたどったところで直幸が出てきて、華美は堂々と見続け、直幸も文句を言ってこない。

「これ、なんの写真？」

「それは、長野で集まったときの、サウナと瞑想のイベント」

キャンプ場のような場所の駐車場で写した写真もあり、ランドクルーザーやJeep、ハマーなど、消費し慣れている活動的な人たちが多く集まっている雰囲気だ。

「その写真、ヤバいんだよ！　村に住んでるアプリ開発企業の役員がさ、あえてとか言いながら謎の草栽培してるんだけど、なに栽培してるのかわかんないんだよね。あの人絶対怪しいいんだけど、本当、普通では出会えない面白い人たちばかりでさ」

「え、ここって、村なの？　キャンプ場じゃないの？」

「老人ばかりの過疎村に、建物や農地有効利用の制度を使ったりして、実験的にメンバーたちでどんどん入植してるんだ。今は九十数人が住んでて、街に出なくてもそこで生活まわっちゃってる」

聞けば、農家、教員、医師、カメラマン、建築会社社長、発信力のあるニート、元AV女優、元陸上自衛隊レンジャー部隊員、共産党員等、本当に多種多様な人たちが共同生活を営んでいるらしかった。

「特に医師とか元陸自とかは、医療や警備で貢献度が高いから、シンライの交換で優遇されるんだよ。そうやってどんどん、優秀な人材を勧誘してるんだ」

「医師なんか、お金持ってて豪華な家にでも住んでたんでしょうに……」

するとと直幸はスマートフォンを取り出し、電子書籍の表紙を見せてきた。「まだ家なんか持ってるの？」という末の推薦文と顔写真の帯も一緒になっている本のタイトルは『モノを持たずに生きる』だった。ムラの中核メンバーにより書かれたらしい。

「アクティブに活動しているムラメンバーは結構、高所得者が多くてさ。医師も昔は成城に親から譲り受けた豪邸持ってたんだけど、その豪邸やフェラーリとかもぜんぶ売り払って、無我夢中になれるムラの活動でほとんど使っちゃったんだって。見てるとさ、本当に楽しそうなんだよね、なににもとらわれてないというかさ。ああいうの見てると、物なんか捨てて身軽になって、村に移住した者勝ちって感じするよ」

華美は電子書籍のページをスワイプで流すようにめくってゆく。その中で、生前は神殿で大暴れしたりと反社会的集団のリーダーだったイエス・キリストについて行きたがった人が、自分の持ち物を売り払いお金もすべて貧しい人たちに与えてきなさいとイエスから言われたという話が載っていた。その章を要約すると「無所有一体」が大事で、お金を手放し他者との関係性を大切にしないと、人は幸せになれないらしかった。だから著者は、四店舗にまで拡大したカレー屋の売り上げを半信半疑ながらもすべてムラに捧げたところ、今では無我夢中で面白いことばかりやれており、一日の終わりに必ず頭に浮かぶ人々に感謝しているのだという。

「直幸ははじめから、なんにも所有してないよね」

「まあね。GT－Rとカメラくらいしか財産ない」

その後身体を重ね合わせている最中、生理機能としての気持ちよさしか最近は感じていないなと華美はふと思った。精神面での攻撃的ともいえる快楽が少ない。同じ相手と長くしているからという理由だけではない気がした。少し前まではもっと、男そのものが未知であったため、それが危うげな快楽に転じていたのか。

今こうしていると、安心感に支えられた気持ちよさはある。同じ行為でも、受け取る快楽の質の配分が違う。いくら紫外線に気をつけたりして肉体の若さを保とうとしても、肉体を重ね合わせて生じるものが、昔とは変わってしまった。

終わってシャワーで下半身だけ洗い終えた段階で、ニューヨーク市場がもう開いていることに華美は気づいた。スマートフォンで株価をチェックするが、値動きは凪で、売買の必要性を感じない。

「小腹空いた」

直幸のつぶやきを聞いた華美が、彼に以前頼まれて買ってあったカップヌードルを渡すと、あとは自分でお湯を沸かして作り始めた。株価のチェックもそこそこに、華美はパンツにブラトップ姿でテレビのニュース番組を見る。やがて隣から、麵をすする音が聞こえてきて、華美はなんともなしにその横顔をぼうっと見つめた。そういえばこの顔は、綺麗なんだった。

「華美も食べたい?」

「いい。日清のカップヌードルって、出始めの頃は全然売れなかったのに、なんで有名になって広まったか、知ってる?」

「知らない。なんで?」

「あさま山荘で警官隊が食べてたのを、テレビが映したから」

「へえ」

「あさま山荘知らない? 昔を振り返る系のテレビ番組で、しょっちゅうやってるあれ」

「なんか、鉄球のやつでしょ。どういう事件だったかは知らない」

「学生運動の延長で、ライフルをもった過激派集団が山に立てこもった事件だよ」

「そうなんだ」

スポーツニュースから再び一般のニュースに切り替わってすぐ、県内の見覚えのある景色が映った。

「さっきの事故じゃんっ」

直幸が口にしたときには華美も気づき、画面に見入っていた。帰宅途中、国道の交差点で見かけた事故だ。なんでも午後六時半過ぎ、走っていた軽自動車に対向車の大型セダンが無理な右折をして正面衝突。軽自動車を運転していた二五歳の会社員女性は死亡し、大型セダンを運転していた八六歳の男性は軽傷だという。

軽自動車側に非のある事故ではなかったのだ。テレビカメラは、前側がぺしゃんこになったピンクの軽自動車をアップで映し、その直後に、フロントバンパーが少し凹んでいるだけの、グリルの大きなまるで電車みたいなセダンを映す。とても車同士で正面衝突した事故には見えなかった。衝突のエネルギーは、どう分散されたのか。

「さすがロールスロイスは頑丈だな。軽じゃひとたまりもない」

「そうなの？」

「あれはファントムだから、五〇〇〇万円以上はするよ。金持ちが死にたくなくて買うあんな頑丈な車にぶつけられたら、燃費第一で軽量化してアソビもない一〇〇万円の軽自動車は、ぺしゃんこになるよ」

次のニュースに移っても華美は、二台の車の映像を頭から追い出せなかった。そのうちに霊界からの迎えがくるであろう八六歳の老人が無理に右折したことで、二五歳という華美よりも年下の人が軽自動車の中で押し潰されて死んだ。仮に、二五歳の女性も、老人と同じく電車みたいなロールスロイスに乗っていたらどうだったのか。正面衝突ならそれなりに衝撃は生じるだろうが、軽自動車のように片方が一方的に力を受けぺしゃんこになるということは——まだ未来のある人が死ぬことは、避けられただろう。

五〇〇〇万円のロールスロイスを買ってさえいれば、助かった命。

使わない金は死んでいる。

華美の頭の中で、さきほど直幸が口にしていた言葉がよみがえった。

資産管理アプリによると、今日時点での華美の全金融資産は、一八〇〇万円ほどだ。配当金で暮らすシステムを作るにはまだまだ足りないが、なにかを買おうとしたら、色々なものが買える。株を買うことは、なにかを買ったりすることのうちに入らない。

死んだりしないために、今すべきお金の使い方があるんじゃないか。

使わない金は死んでいるし、金を使わないと死ぬ。

しかし、一八〇〇万円もなにに使えばいいのか。華美には見当がつかなかった。

「……これ、またデカくなったんじゃない」

歯磨きをし戻ってきた直幸が、大きな葉が天井へつくほどにまで成長したストレリチア・ニコライをさし、つぶやいた。

「夏だから」

答えながら華美は、自分が本音としては感じていたストレリチア・ニコライの邪魔臭さを、言葉にされてしまったように感じた。大きな葉は、上へも横へも広がっている。小さな六号鉢に植えられていた頃は、ただ大きく成長してくれることだけを願い、肥料もやりできるだけ日光に当てた。

しかしいざ成長したらどうなるか、リアルな想像はしていなかった。部屋の景観を良くするために買った植物に、自分が住むスペースを奪われ、茎の徒長したアンバランスさも手放しで美しいとは感じられない。じゃあ株でいう損切りのような行為、つまりは燃えるゴミに出したりできるかというと、そんな気にも到底なれなかった。

祝日の夕方、工員の黒岩宅で開催されるバーベキュー準備のため、華美は何度か会ったことのある元社員田所にUR賃貸住宅までコンパクトカーで迎えに来てもらい、ショッピングモールへ向かっていた。田所は下戸で酒を飲まない。頼まれた食材を二人で調達したあと、もう一人ピックアップして黒岩の家へ行く予定だ。

「ありがとうございます、田所くん。会うの、ボーリング以来だよね。あの時は、じゃんけんで負けた直幸が運転したけど」

中学時代に直幸の一学年後輩だった田所は自分より年下ではあるが、今日で会うのも数度目で、華美としても敬語とタメ口が変なふうに混じる。

「尾嶋さんは最近、忙しそうにしてるし。美人の彼女さんを放っちゃって」

助手席に座りながら華美は、田所の横顔を見る。時折おじいさんのようにも見える痩せ気味の直幸と異なり、少し肉のついている田所の横顔は、顎も埋もれずわりと整っている。若いときほど、ヒエラルキーで似た者同士で親しくしていたのだなということが見てとれた。

「そうなんですよ。今日も東京で集まりがあるとかで、朝から出かけてて」

「ああ、ムラのイベント、今日でしたね」

「直幸、そのこと話してたんだ」

「いいえ。俺も有料会員なんで、知ってるってだけです。ほとんど閲覧専門なんで、尾嶋さんみたいにアクティブな会員ではないですけど」

「え、田所くんも、毎月五九八〇円、払ってるんですか?」

「ええ、三ヶ月くらい前から。尾嶋さんに誘われてイベントにも二回、行きましたね」

こんなところに、他にもいたとは。車はショッピングモールの駐車場に入った。

広いスーパーでカートを押し、大量の肉や野菜、飲み物等を買った後、フードコートにあるソフトクリームを食べたいと言いだした田所が、華美のぶんもおごってくれた。このショッピングモールへ訪れたら、必ず食べるのだという。生クリームがそのままアイスになったかのようなそれは、おいしかった。

「さっき言ってたけど、田所くんは、なんでムラに入ったんですか？」

「えっと、尾嶋さんから、五日間で一軒家を作っちゃおうってイベントに誘ってもらったのがきっかけかな。参加するにはメンバーになるしかなくて、初回の会費は尾嶋さんがおごってくれて。フェスみたいなノリで一軒家が作れてそれ自体楽しかったし、なにより集まってる経営者の人たちが、面白かったんですよね。自分のビジネスに活かせる人脈も、すぐにできましたし。だから今は自腹で会員続けてます」

「そういえば田所くんって、今なんの仕事でしたっけ？」

「実家の蕎麦屋、手伝ってます。親父は職人としての腕はいいんですけど、ブランディングとか商売が下手なんで、俺がうまい具合にＩＴとか融合させてデカくしようと思ってます」

「お蕎麦屋さん」

「外国人なんかからしても、日本独特の蕎麦は、売り方によっては一人前で五〇〇〇円以上はとれるポテンシャル、秘めてるんですよ。ヨーロッパ人とかは、ちょっと香りのするものをウン万円で売りつけたり、商売のセンスあるじゃないですか。そんなふうに、ジャパニーズ蕎麦を、稼げる商品に生まれ変わらせようと準備進めてます」

喋りながら、別の誰かが話していたのであろう考え方や言葉に侵食されてきているかのような雰囲気に、華美としては既視感があった。

「直幸は今日、なにしてるんですか?」

「最近は新規加入メンバーたちにリアルな場でも楽しんでもらうための、調整係みたいなことやってるみたいですね。顔いいから、尾嶋さんが優しく接してあげると、喜ぶ女性メンバーも多いんですよ。なんせ、あのカワイケイコさんにも結構気に入られてますからね。たいしたもんです」

「その人、誰?」

「昔、ベンチャーキャピタルで一山当てた人で、ビジネス界では結構有名な人ですよ。三八歳だったかな。人なんか沢山いる中、尾嶋さん、結構気に入られてるんですよ」

「え、浮気とかじゃないですよね?」

「尾嶋さんからしたら、そういうのじゃないですよ。まあ、地元で遊べる場が減っていたぶん、昔みたいに活き活きできる場所を見つけられて、張り切ってるんでしょう」

「遊べる場、減ってる?」

「あの人にとっては。昔みたいに、金がなくてどうしようもなくなっても誰かが気軽に車を出してくれたり、困ったときに助けてくれるっていうのが、なくなってきたんですよ。人の女を寝取って裏切ったり、昔を知ってる人からしたら、急にずいぶん老けたし」

直幸にとってここ地元は、万能感に満たされたまま行動できる場所だった。金がなくとも、仲間からの信頼だけで、なんでもできたのだろう。しかしそれは言い換えれば、信頼をなくせば、ニッチもサッチもいかなくなる危うさの上に成り立っていた。ゆるやかに監視しあう共同体の中で信頼をなくし、金もない直幸が、新天地を他のどこかに求めたのは、自然なことかもしれない。

「尾嶋さんの投稿とか、読んだことないですか？」

ソフトクリームを食べ終え華美のぶんの水も紙コップに入れ持ってきた田所が、スマートフォンを操作しながら言う。

「ないです。私、メンバーじゃないし」

「ほら、こんなこと書いていますよ」

尾嶋直幸という本名に顔写真つきで投稿されたいくつかの文章を読んでいる際、「川井恵子」の投稿に対する数十件の返信コメントとして直幸が投稿したものに、華美の目は引き寄せられた。

〈……川井さんのやられてきたベンチャーキャピタル投資のように、これまでにない価値を創造しようとしている会社の支援、そういった意味あいでの真の投資には、意義があると思います。でも世間では、既存の貨幣を得るためだけの投資をやっている人がほとんどですよね。自分の友人にも、株にとりつかれている人がいます。海外の株を買うため、寝る時間を削り夜にやっています。お金では買えない貴重な時間を費やして、いったいなにをやっているんでしょうね…。僕のほうからは誕生日とかにそれなりのプレゼントをあげてきたのに、僕の誕生日に先方から受けた施しは、明らかにケチっていたり…。金儲けのための投資にとりつかれた人は、お金の使い方で周囲に不快な思いをさせながら、今後も生きていくんでしょうね…。〉

借り物の言葉を継ぎ接《は》ぎしたコメントでの「友人」は、明らかに、自分のことをさしている。華美は、今まで直幸に対し感じ得なかった感情を覚えた。呼吸が浅くなり、鼓動が速くなってくるこの感じが、恐怖なのか怒りなのかもよくわからない。ともかく、彼女に読まれると思っていない空間で発された直幸の言葉は、こうなのか。借り物だから本心ともまた違うのだろうが、少なくとも彼は、こういう考え方をしてこういうことを大勢に言うような人間になりたいと、思っている。

立ち上がった田所に続きショッピングモール内を歩いていると、書店の前を通った。すると、末や〝あの川井恵子〟の本なんかが目立つところに置かれており、『人助けベンチャーキャピタル投資で億万長者』や『まだお金なんか稼ごうとしているの?』という川井の著書のタイトルで、自分がひどく馬鹿にされているように華美は感じた。

昨夜、ニューヨーク市場を遅くまでチェックし、入眠儀式である複利の暗算をしても寝るのに時間がかかってしまった華美は、午前一〇時半に設定していたアラームで目覚めた。昼に、車で三〇分弱走ったところにある大型スパで、直幸と落ち合う約束である。

最近、体型に気をつかい摂生している華美は、トイレで用を足したあと体重を量り、作り置きのサラダを少量食べた。食後にウーロン茶を飲みながら、スマートフォンで各ＳＮＳアカウントをチェックしてゆく。新しく作ったアカウントもあり、そちらに対する人々の反応を見るのが癖になっていた。

小雨が降る中、軽自動車に乗り込むと、ボディー材が薄く遮音性も低い車内には雨粒の音だけが響き、静けさが強調される。

今日は久々に、直幸と会う。ムラ活動に狂っている彼と会うのは半月ぶりくらいで、さすがに今後の関係性について疑問をもつときもあったが、雨粒のしたたる卵のような狭い空間に一人でいると、不思議と一連のことをただの事実として、無用な意味を付与させずに受け止められた。ふと、この鉄の落ち着く空間はたしか八五万円で買ったのだということが、なぜか思いだされた。

スパの広い平置き駐車場の半分以上は埋まっていたが、丸目テールライトのＧＴ－Ｒはコンパクトカーや軽自動車だらけの中ですぐ目についた。華美が隣に駐めようとすると、ちょうど直幸が運転席から出てくるところだった。

「ここのサウナ、リニューアルが完了して今は温度が九〇度以上で、水風呂の温度も一四度っていう本格派ですごくいいんだよ」

受付でそれぞれバーコードつきのリストバンドを受け取りながら、直幸が言う。

「すっかりマニアだね」

「そりゃ、野外のテントサウナとかも、行きまくってるからね。ロシア製のテントサウナはすごい。そこらの施設より高温になるから、ロウリュウのやり方間違えると火傷しそうになるし」

覚えたての知識を披露してくる直幸に対し、華美は久々に微笑ましさを感じた。借り物の言葉ではなく、実体験も経ての言葉だからだろう。上がったら大広間へ行くことを約束し、男女それぞれに別れた。

身体を流した華美は露天風呂に浸かってすぐ、曇りで屋根もあるけど紫外線の影響は無視できないだろうなと、屋内の風呂に入り直した。外気にいくらか涼しさがあり反響音もない露天風呂のほうが心地良かった。紫外線で老けるのを気にしている自分はこの先の人生、心地良いことを微妙に避けながら生きていくことが決まってしまっているのかと、多少憂鬱になる。皮膚の老化を先送りにして得られるものと、皮膚の老化を順当におしすすめてでも得るものは、どちらのほうがより人生を豊かにするのだろう。

広い浴槽の端で浸かっていると、華美は出入りする女たちの様々な身体を目にした。自分のような三〇代前半はかなり若いほうで、客層のほとんどが中高年だ。女の身体はたぶん、男の身体より個人差が大きい。骨の太さや肩や腰骨の幅、乳房の形や色、体毛や肌の張り等、本当にバラバラだ。総じて、見られるものではないなというのが華美の感想であった。たまに自分より若い二〇歳前後の人を見ても、同じように感じた。余計な脂肪がなく肌の張りがある肢体も、それにより強調されるその人の骨格からくる本来の身体のラインが個性的ともいえるほどに際立ち、どこかしらグロテスクさがあった。一時に何人もの裸を見て、比べてしまっているからかもしれない。それぞれの裸を単体で見れば、歪《いびつ》さも感じないのか。

風呂から上がった華美はベンチに座り身体を休ませる。目の前には水風呂があるが、誰も入っていない。直幸は今頃、サウナと水風呂、外気浴のサイクルをまわしているのだろうか。

そこで華美は気づいた。元社員であり中学の後輩でもあった田所に対しては、一軒家を五日間で建てたり野外サウナといったムラのイベントへの参加や入会も勧めたのに、交際相手である自分はただの一度も誘われていない。本能的に、そういった体験の共有を無駄だと思わせるようななにかが、自分からは漂っているのだろうか。

入ったサウナから早めに出て、身体を洗い脱衣所で館内着に着替えた華美は、食事のとれる畳の大広間へ向かった。直幸の姿はなく、空いているテーブルの掘りごたつに両脚を垂らし寝転んでいると、そのうちに男性から顔をのぞかれた。警戒心が一瞬湧いたが、知らない人ではなく、直幸だった。

二人して頼んだ海鮮丼がかなりおいしく、こういった施設の料理のレベルは昔と比べて格段に上がったよね、と褒めながら食べ終えた。朝食を食べていなかった直幸としてはまだなにか食べられるらしく、再びメニューを広げた。たまたま開いたページに大きな写真でローストビーフ丼がのっており、直幸が口を開いた。

「魔のローストビーフ」

苦笑交じりに言われ、華美は瞬間的に心の余裕をなくした。

直幸の誕生日が近づいた頃、華美はなにが欲しいかと訊ねた。すると彼は、物よりも経験が大事、と答えた。誕生日プレゼントに値する経験とはなんなのか。答えが出せぬまま華美は結局、豪華な手作り料理をふるまうことにした。数日前から材料を揃え仕込んだりして、多国籍に色々と作った。その中で、中古品売買で買った中国製の低温調理器を使い、ローストビーフを作ったのだ。

そうしたら食後二時間ほどして直幸は腹痛と発熱に襲われ、翌朝病院に行き、食中毒と診断された。最近食べた物を医者にぜんぶ話したところ、おそらくローストビーフだろうと言われたが、同じ物を食べた華美にはなんの症状もなかった。たまたま、肉が厚くて中にまで熱が通っていなかった部分を、直幸が食べてしまったか。

「ごめんね、あの時は」

「いや、それはいいんだけどさ。せめて道具選びの段階で、中古の道具買うのはやめようよ。そういうのに金をケチると、かえって高くつくから」

ことあるごとに、金にこだわるのはダサい、という物言いをしてくる直幸が一番、金の話ばかりしている。華美は直幸の誕生日に、彼が言うところの経験を提供しようとして、食材費しか出費していない。でも、手間はかけた。料理を作るほうがよほど、直幸たちのコミュニティが提唱する行動と行為の等価交換に近いではないか。

「低温調理には注意するけどさ、何回も同じことで責めてこないでよ」

うん、とつぶやき流すように、デザートのページを開いた直幸の所作に、華美の中で抑えていたものが決壊した。

「誕生日のお祝いケチられたって、ムラでも書いてたね。あれ、私のことでしょ？」

「え」

目をあらぬ方向へ向けた直幸に、「田所くんに見せてもらったよ」と華美は補足した。

「私には直接言ってこないで、不満を偉そうに、よそでご託並べて言うんだね」

「いや、あれは誇張して書いただけであって……。それに、華美だってさ、コソコソとわけわかんないことやってんじゃん。むしろ、堂々と、なのか……」

「はっ？」

動揺を隠すかのように直幸はスマートフォンを操作し、ディスプレイを見せてきた。

「これ、華美でしょ？」

身長と同じほどの太い聖剣を持った、紫色コスチュームにロングヘアーの古代女戦士。全身を写したその写真だと、ハイヒールが長身にとてもよく似合っていると他人事のように感じた。とあるアプリゲームの人気キャラクターに扮し、東京のコスプレイベントで写真を撮られ、場に居合わせもしなかった直幸のスマートフォンにその姿を映しだされているのは、まぎれもなく自分だ。突然のことに、華美は軽く笑ってしまった。

「すごいね。なんで知ったの？」

「この人って青守みゆ？　っていう誰かの書き込みを、どこかで見た」

「え、じゃあ、青守みゆで検索したってこと？」

直幸はうなずく。以前話したことはあったが、一〇年前に一年弱だけやっていたアイドル時代の芸名で、彼が検索していたことが、華美にとっては意外すぎた。

「ツイッターの紫柚《しゆ》っていうこのアカウント、ちょっとはキャラクター作ってるんだろうけどさ、一緒にサーフィンに行った男と恵比寿で飲んで芸能人見たって話、本当？」

「ああ、あれはね、本当。飲んだだけね」

髪をかきあげ余裕ぶった口ぶりで答えながらも、迂闊だったと華美は自省する。無名アイドルだったとはいえ、多少なりとも世間向けの演出方法のコツを心得ていたからか、コスプレイヤー〝紫柚〟は予想外の人気を得た。若さと美しさを取り戻したぶんだけフォロワー数として努力が報われる感覚の虜《とりこ》になる中で、見てくれる人たちをつなぎとめようと、プライベートのことをぼかしたり盛ったりして、時折書き込んでいた。

サーフィンに行って一ヶ月ほど経った頃、中目黒に住む浪費家の田中から飲みに誘われ、三二歳の今のうちにしか楽しめないことはぜんぶ楽しんでおこうというモードだった華美は、着飾って会いに行った。田中に魅力を感じていたわけではないが、皆にそれとなくすすめられていた貯蓄魔の迎よりは、普通の男として相手にできた。二人で会い話してみると、田中はそれなりにかわいげがあり、直幸と話しているときより話の中身に多様性があった。二軒目のバーを出た後にキスされ、華美は抵抗しなかった。ただ、当たり前のように胸を揉んできて股間も触ろうとしてきて、そのやり方がガサツで醒め、近くを通ったタクシーに乗った。頭に終電時刻をちゃんと入れていたこともあり、四ツ谷駅でタクシーから電車に乗り換え、無事に終電で千葉まで帰った。

田中にも意外と繊細さはあるのか、あるいは華美の移り気な気分をある程度察したのか、あれ以降しつこく誘ってくるようなこともない。華美も特に田中に会いたいとも思ってはいないが、一人の男が自分の魅力に惹かれたあの夜を秘密にしていること自体が、愉しくもあった。

他の男と、キスはした。ただセックスはしていないのだからと、華美はふてぶてしいまでに動揺とは無縁の態度をとれている。

「直幸にもムラで友達ができたのと同じで、私にも飲む男友達くらいいるから」

「……それは自由だけどさ、そんなことわざわざ書いたりしてまで、コスプレイヤーなんかしなくてもいいんじゃないかなって、思うわけ」

「コスプレイヤーなんか？」

「キャラクターの知名度を借りて、ただ露出して男たちから消費されてるだけでしょう。華美のクリエイティビティって、もっと他のことでうまく花開かせられるんじゃないかな」

「肌の露出多くて体型がモロに出るから、身体のメンテナンスしてフィクションの存在に生身で近づくの、けっこうクリエイティブなんですけど。そこらのどうでもいい風景を、大枚はたいて買っただけのカメラでパシャパシャ撮ってるよりは、よっぽど」

「華美はそのつもりでも、こういう写真撮りに来てるカメラ小僧たちにとっては、無料で合法的に撮れる露出女でしかないんじゃない？　露出して男たちを引き寄せてフォロワーも集めて、それを自分の人気だと錯覚して」

「あのさ、私が人気得て、自分がおっさんっぽくなって昔ほどモテなくなってきたからって、コスプレに説教してくるのやめてくれる？」

外見について言ってしまったことを華美が内心すぐ反省したときには、日に焼けて痩せた直幸の口がへの字に歪み、深い法令線が出た。

「……恵比寿で飲んだ男友達って、どんな男なんだよ」

結局そのことに苛ついているのか。

「ただの飲み好きの浪費家だよ。東証一部上場企業勤めでたくさん稼いで、キャバクラとか車とか家賃とかにぜんぶ使っちゃうような」

「そんな奴と飲んで、楽しいの？」

「クリエイティブとか全然言わずに大金稼いで俗っぽく浪費する人のほうが、クリエイティブばっか連呼して世の中の正しいあり方とかをおしつけてくる低年収の人よりよっぽどウザくないし、現実的で自然だから話してて楽だよ」

「浪費って、華美は普通の消費すらできてないだろう。この前買ってきた虫除けとかゆみ止めだって薬局オリジナルの二流品で全然効かなくて、痒くて睡眠時間ロスして翌日の仕事のパフォーマンス下がったし」

「有名なやつより一〇〇円安いの買っただけでしょ。それに仕事のパフォーマンスって、工場で流れ作業に組み込まれてるだけの直幸のなにが変わるの？　今より稼げるようになる？」

「俺より、そんなに金のほうが大事かよ」

「私にはお金大事よ。なにせ直幸と違って、シンライがないからねっ！」

「ああもう信頼できないよ、華美はっ」

直幸が立ち上がるような素振りを見せたので、余計に苛ついた華美は先んじるようにして脱衣所へ行き、服に着替え出てきた。直幸の姿はない。フロントでリストバンドを返しバーコードで精算すると、小雨の降る駐車場に出た。まだ直幸のＧＴ－Ｒはある。華美は軽自動車のエンジンをかけると、そこでしか買えない調味料や食品を買おうと、ショッピングモールへ向かった。


退勤した華美は、車で蕎麦屋へ向かった。県道沿いの角地にある店へ着いてみて、以前なにかの折に行ったことに気づいた。ただ、知り合った田所の実家が経営している店だと認識してから訪れるのは、初めてだ。

「いらっしゃいませ」

出入口近くで迎えてくれた初老のふくよかな女性は、田所の母親だろうか。カウンター席に座ると、厨房に二人見える男性のうち、若いほうの田所が華美に気づいた。

「いらっしゃいませ。先日は」

「この前は送ってくれてありがとうございました」

「仕事終わりっすか?」

「ええ。寄ってみました」

山菜ざる蕎麦を注文した華美は、後ろにテレビの音を聞きながら、明るい店内を見る。常連客っぽい中高年たちもいて、蕎麦一人前で五〇〇〇円以上もとろうとするような最先端のマーケティングや演出とは縁遠そうだ。今はまだ父親が店主だからそうであるだけで、息子の代になったら、変わるのか。

華美が食べ終える頃には他の客たちのほとんどが帰っており、暇そうな田所がカウンターに立ち、話し相手をしてくれた。

「尾嶋さんとは、最近会えてます？」

「先週スパで喧嘩してから、会ってないです。スパで会ったのも久々だったけど」

「え、そんなことになってたんだ」

「田所くん、直幸から聞かされてなかった？」

「いや、全然そういうことは聞かないっすよ。っていうか、そんなしょっちゅう連絡しないし」

同じムラに入っているのだから共通の話題もあり、もっと頻繁に連絡をとっていると華美は思っていた。

「直幸、先週から有休を消化しだしてさ。まあそれ自体は労働者の権利だからいいんだけどさ、そんなに休んでなにしてるんだろうって。田所くん知ってる？」

訊かれた田所は、華美の来店の目的を察したようで、何度かうなずいた。

「末さんたちが長野の山奥に、リアルなムラを作ってるのは知ってますよね？　そこへの移住者を今急ピッチで増やしていて、最近のレポートだと、尾嶋さん、移住者を募る仲介みたいな仕事してるんじゃないかな。ひょっとしたらあの人も、移住するかも。早く移住した人から権力を与えられたり得するようなシステム作りを、末さんや中枢メンバーがしているから」

「移住？　直幸はそこまではしないと思うよ。だって彼、カメラとか物買いまくってるし、車だって好きだし。ムラに行く人は、無所有一体で、身軽じゃなきゃいけないんでしょう？」

「物をムラに持って行っちゃってもいいんですよ。そこにフリマアプリの運営者もいるから、その運営者に頼んでムラから物を売っちゃえば、すぐ身軽になれるし。送料と手数料を引いた売却益は、円じゃなくてシンライでも受け取れて、そっちのほうがかなりレートはいいし」

周到に整えられたあらゆるシステムにより、ムラに入植した信者たちは身ぐるみ剝がされ「無所有一体」になるのか。それ以外にも、ムラには充分な収益源がある。イベントに参加していない大多数のメンバーたちも、直幸と同じように月会費五九八〇円を払い続けていて、それだけで少なくとも毎月二〇〇〇万円は集まる。

「ムラの中では、会社辞めて自由を勝ち取るイコールようやく一人前みたいなところあるから、上を目指してる人たちが会社辞めるのと無所有一体になるのは、わりと同時にやっちゃってるみたいですね」

「でも、会社辞めて入植したら、お金稼げないよね？　シンライ使えばムラでは生活できるんだろうけど、会費は免除されるの？」

「いや、会費は幹部も全員円で払う決まり。そこは揺るがないから。会社辞めるってのは要するに組織の奴隷になるなってことだから、フリーランスとして今まで以上に稼ぐのは全然否定されてないんで。親に仕送りしてもらったり、都会で出稼ぎしてでも、会費は円で払わなきゃいけない」

「それだと結局、既存のお金に頼ってるよね」

「今は過渡期だから。貨幣経済からシンライへ、徐々にその割合を日本の中で増やしていくんだって。尾嶋さんなんか、今やお金を払って働く時代だとかいう末さんの言葉を受けて実際にお金を払いながら働いてて、いっぽうでは他の会員たちにお金かシンライを払わせて仕事させてるみたいだし。まあぶっちゃけ、俺はそのシンライどうこうにはそれほど共感してなくて、集まる一流の人たちからマネタイズとかビジネスについての神髄を聞けることに重きを置いてるんですよ。もう、すべての意志決定が滅茶苦茶早くて、昨日提案されたら半日後には行動しちゃってる人たちばかりで」

　直幸が、お金を払って仕事をしている。お金を得るために仕事をするのではなく、お金を払って仕事する。常識を疑えというふうに、深いことを言われたような気さえ華美にはした。

「直幸、いつまでムラにいるのかな」

「有休まだいっぱいあるんですよね？　あのリアルな集まりの楽しさはわかるからなぁ。いつだったか、加入したばかりでなんの特技もなかった就活中の女子大生が、末さんに裸でマッサージしたらそれでごぼう抜きで埼玉支部長になったし。皆爆笑したよ。それまでそんなポストなんか存在しなかったのに、急に作られちゃってさ。で、支部っていう箱が出来上がると、それにあわせておもしろいアイディアが集まって、実際におもしろいことが始まっちゃうってい う、あのノリとスピード感は病みつきになるから。工場でのルーティーン業務に戻るのはかったるいだろうな、尾嶋さん」

ところでこの店のテコ入れはなにか進んでいるのかと華美が訊くと、ホームページ作りと、出前を簡単に注文できる専用アプリの開発もムラメンバーにシンライを払い外注していると田所は答えた。

軽自動車のガソリン残量が少なく、安く給油するため、華美は少し遠回りになるが帰路の方面にあるショッピングモールを目指した。敷地内に、安いガソリンスタンドが入っている。遠回りするぶん、浮いたお金もガソリンとして消費してしまうのかもしれないが、最近は閉店時刻近くのショッピングモールの、人気《ひとけ》がないのに過剰に明るい店内の雰囲気を、好んでいた。

ここ数年間平日は、夜が更けてゆくにつれニューヨーク市場の開始を意識してしまっていたが、ディスプレイ越しのチャートや数字だけで感じる以外のやり方で、アメリカっぽさを感じたいのかもしれない。田畑に囲まれた千葉の田舎のだだっ広いモール内に、東京にもある雑貨店や家電店、飲食店で働いている人たちの姿を見ると、まだまだ世界や日本には余裕があるのだなということを肌で感じられるようだった。客がほとんどいないのに隅々まで明かりをつけ人員を配置して、本当はそのせいで余裕がなくなっているのかもしれないが。

書店の文房具コーナーでマスキングテープを見た後、マンガコーナーで何冊か立ち読みする。

コスプレの次なるネタになるかもしれないと、あまり詳しくないマンガにも詳しくなろうと華美は急ごしらえで努力していた。ちょっと前まで迷っていた人気マンガの一巻を買うと、四四〇円のマンガを新品で買ったことにものすごく浪費した気がしたし、まだ読んでいないマンガがもたらしてくれるであろう満足感として、四四〇円は安くも感じられた。

レジから近い話題書の棚には、華美が最近急に知るようになった自己啓発やビジネスの人たちの名前がわんさか涌いている。「あの川井恵子」の顔写真の載ったポップが何枚も、畑の案《か》山《か》子《し》のごとく突き立てられていた。華美は「あの川井恵子」と言われても全然知らなかったが、ちょっと調べてみると、ネットや書店のビジネス・自己啓発書コーナーではそこそこ有名らしいということを知った。著書やインタビュー本が沢山並べられてあり、学生時代の友人に誘われ『ベンチャーキャピタル投資で億万長者』になった彼女は、今は暇して『自分のマインドに正直に生きる』と決め、『面白いことだけやって生きている』。彼女の経歴や考えはすべて著書のタイトルにあらわされているようで、各著書の本文を読む必要があるのかと思えるほど、ストレートなタイトルが並んでいた。

彼女も属するムラの教祖である末の本や、末と交流のあるらしいよくわからないがある種の界隈だけで見聞きする人たちの本も置かれている。華美の両親や、職場の喫煙ルームで一緒になる人たちは決して知らなくて、金持ちや成功者への願望がある人たちしか知らない界隈の人物たち。そしてたぶん、本当の金持ちや成功者たちからは、他人事だからどうでもいいと思われている。見世物としてのビジネス界を舞台にした地下芸能界のようなものがあることを、華美は最近知った。

『まだ円経済圏なんかであくせくしてるの?』『モノや金にしがみつき排ガスにまみれた都会のタコ部屋で暮らす馬鹿』といった、たまたま目についた挑発的なタイトルの本は、二冊とも末の本だった。

帰宅した華美がネットでムラの動向をチェックしたところ、川井恵子以外にも見世物ビジネス界の人たちが長野のムラに続々と集結し、皆そろいもそろって、ムラに来ない人たちに疑問を投げかけるような言葉や動画を、都心で働く人たちがつくり支えている情報インフラを用い田舎から発信していた。無名信者たちも各SNSで、見世物ビジネス界で有名になることを切望しているかの如く、目覚めていない大衆たちを馬鹿にするようなコメントや発信をしていた。信者たちは皆、ムラを宗教だと決めつけてくる人たちをなにより馬鹿にし、非難している。怒りよりもむしろ、憐れみの態度のほうが多く見受けられる。「大衆」という語がよく目についた。ムラに入っていない大衆を、かわいそうなレベルの低い人たちとしていた。教祖や見世物ビジネス界の人たちの言葉の受け売りコピーしかしていない大勢の自分たちのことを、大衆だとは自覚していないようであった。

まるで癌細胞だと華美は思った。損傷を受けたエラーDNAが、狭い界隈で相互的に影響を受け、増殖してしまっている。過激でおかしな言葉は、頭の弱い人には刺さりやすい。さっきの書店の一角や、ネットの一部の界隈は、完全に癌にやられてしまっていた。

冷静に考えれば、才能や努力、運でなにかを成したりした見世物ビジネス界や自己啓発の当人たちには少なくとも人を動かす手腕があり、それどころか社会的に良い影響を与えている人もいるのだろうから若干の嫉妬以外になにかを感じる道理もないが、その人たちの発言を真に受けてしまう界隈の人たちが、華美としては生理的に無理だった。常識を疑え、といわれたりしている人たちが結局なにも疑わず従順になりながら〝大衆〟を馬鹿にする姿は、怖さをはらんでいる。

彼ら彼女らと同じように大衆から一歩先んじたいと思っている華美は少なくとも、自分が大衆であるという自覚はあった。自分は大衆でない、という洗脳は近頃解けてきた。つまりいつの間にか信者になっていたわけだが、なんの信者だったのか。お金儲けの信者だろうか。

気づけば華美は、ネット上で無料で見られる川井恵子の発信やインタビュー記事、果ては誹謗中傷まで検索して読んでいた。三八歳にしては、美人なほうだ。ベンチャーキャピタル投資で一山当てた彼女。それも当人に投資の才能があったわけではなく、学生時代の友人に誘われてたまたま一〇〇万円ほど投資してみたら大当たりしたというのが、真実らしかった。それからもベンチャーキャピタルへの投資は行っているものの、最初のまぐれ当たりほど勝ったものもなく、周りにいる優秀な人たちのアドバイスに従っているだけのようであった。

まぐれ当たりだったとしても、川井は投資に成功した。それも、大きな成果を一瞬で。それに対して自分は、老人になったときにようやくそれなりの金持ちになれるくらいの遅さの長期投資しかやれていない。華美は悔しい事実を認めざるをえなかった。その存在によって、自分の投資を馬鹿にされているような気がした。

華美はここしばらく、直幸に対する自分の想いがかなり冷めていることを感じていた。一時的なものかどうかはわからない。いっぽうで、億万長者で自由に生きられる川井恵子は、直幸のことをかなり気に入っているらしい。

直幸になにか取り柄があるかと問われれば、顔くらいか。川井も綺麗なほうだが、異性から好まれる顔のレベルという点では、直幸のほうが数段上だ。将来性を考えると、なにかを成し遂げたりしていない三二歳の直幸はもうそれほどモテない時期に入ってきているが、川井のように金を持ち将来の心配もしないでいい人間からすると、純粋に顔の良さで異性を好きになれるのか。

それはつまり、自分もなにかのはずみで投資がうまくいき、早めに金持ちになれた場合、将来性など考えずに、直幸のことをもっと純粋に好きになれるのか。華美は自問してみる。不思議なことに、人が欲しがっていると知ると、自分が手にしているものを手放したくないなと感じてくるのだった。

身長と同じほどの巨大な剣を地面に突き立てた華美は、長い銀髪を紫色コスチュームの肩上でかき分ける。すると海を割ったモーセの力が宿ったかのごとく、たったそれだけの所作でカメラ小僧たちの人の波に動きが生まれた。段々と知名度を上げていることの他に、東京都内で行われているこのコスプレイベントのそもそもの動員数が多いという理由もあるし、華美と背中合わせにポーズを決めている人気コスプレイヤー、乃愛《のあ》との相乗効果が大きかった。

華美が扮しているキャラクターが登場するゲームの他キャラクターに扮していた乃愛と知り合ったのは、他のコスプレ会場でだ。なり行きで二人揃ってポーズを決めているとよけいに人気を博し、そのあと食事へ行き友達になった。

ゲームをやりこんだ華美は、真似ている女戦士のアニメーションも散々見て、自宅ではセリフを口にしたりもしているが、中身まで誰かになりきる演劇や、自身のパーソナリティーをある程度出すアイドルともコスプレは違った。半分自分を残したまま、あくまでも衣装作りやポージングだけで表現するという引き算の様式美で成り立っている。オーダーメードしたコスチュームに、画材店で材料を揃え自分で作った大きな剣、そしてその剣が似合う身長の高さといった自分の個性があわさることで、二次元のキャラクターへと近づき個性が失われ、無数のカメラレンズに欲される。

半分自分でいながら、既存キャラクターの力を借り梃子《てこ》の原理で人々から人気を得るのは、華美にとって今しか見えなくなるような快楽であった。そして誰かを真似れば真似るほど褒められるなんて、まわりまわってただの実人生のようだと思わなくもなかった。

疲れてきたタイミングできりあげた華美たちは小さなテント内で着替えると、伊達眼鏡までかけた肌をほとんど露出しない格好で電車に乗り、岩本町まで向かった。土曜の夕方で電車も混んでおらず、衣装の入った大きな紙袋を網棚の上と膝上に置き、二人ともあまり喋らずに身体を休める。二〇代後半の乃愛はもうレイヤー歴は五年とのことだが、それでも無数のカメラに撮られ続けたあとは疲れで眠くなるらしかった。

今日のイベントの前に、彼女が週に何度か働いているコスプレを活かしたメイド喫茶のような店で働いてみないかと誘われ、とりあえず秋葉原エリアの外れにある岩本町の店へ行くこととなった。今日は夜から開かれるイベントの準備のため、夕方まで客は入らないという。

膝の上で組まれた乃愛の手は、異様なほど白い。肌質が元から白いというより、日中外に出ていなさそうな白さだった。UVケアにかなり気を遣っている自分の手も、彼女と比べると少し色が濃く、肌理《きめ》の凹凸が見えるようだと華美は感じた。ただ年齢差を感じても、華美は今日の今に限ってかもしれないが、嫌な気にもならないでいる。コスプレをやっていたさっきまでの自分は皆に認められ、充実しきっていた。今が充実していると、時間の流れについて意識することもなくなり、今が止まる。

若い時はタダでもっていたものを維持するための努力は、結局のところ虚しい。そんなことにとらわれていたら、若かった頃の自分に勝てないままの、余生になってしまう。だから今をもっと楽しみ、若さを維持するためだけの努力は早く手放したいとさえ、華美は思っている。とはいえ、もっと堪能してから、手放したい。あの三八歳サーフィン女優みたいな心境へ至るためにも、過程というものがある。

朽ちてゆく肉体は所詮、経験を得るための道具にすぎない。その年齢でしかできない経験をひとつひとつ拾っていきながら、朽ちてゆきたい。すると華美の頭に直幸の顔が思い浮かんだ。直幸も同じような心境で、ああなったのだろうか。

岩本町駅で降り、通り沿いの雑居ビルの四階にエレベーターで上がると、石膏パネルで作ったらしい白亜のアーチ状の門を通り、店内へ入った。チャイナドレスのイベント日で、それに着替えている女性が二人と、あとは私服姿の人たちがいた。ここにいる唯一の男性が、オーナーらしかった。眼鏡をかけた痩せ気味の中年男性だ。

「紫柚ちゃん、飲み物なにがいい？」

「じゃあアイスティーで」

店の雰囲気を知ってもらえればいいと言われ、準備の邪魔にならないよう窓際のテーブル席に華美は座った。今夜の準備のことでオーナーに呼ばれた乃愛に「わたしにお気遣いなく」と述べ、アイスティーを飲む。店内のメニュー等を見たりする限り、メイド喫茶と呼ばれる形態の店と変わらないらしかった。

窓からの風景を見ると、アニメやゲームキャラクターの看板なんかは見えず、企業のオフィスが入っているらしきビルやラーメン屋が見えるくらいだ。すると、ラーメン屋の前に立っているショルダーバッグの肥満中年男性と、目があった気がした。そしてすぐ華美は、さっきイベント会場にもいて自分たちを撮っていた男だと気づいた。

窓越しに目があったのは錯覚のようだった。ただ、ラーメン屋に出入りしていたわけでもない肥満男は、ショルダーバッグから取り出したカメラのディスプレイを見たり、スマートフォンを操作したりしている。すると、華美のスマートフォンがバイブした。写真投稿型SNSアプリに、英字の知らないアカウント名からダイレクトメッセージが届いている。

〈紫柚さん、またの名を青守みゆさんですよね？　お久しぶりです！　さきほど写真を撮らせていただいた者です。まさかグリンチャ以降、また活動されたミユタソのお姿を、紫柚さんとして拝見できるとは、思ってもいませんでした♡〉

間違いない、一〇年前も少しストーカー気味に接触してきた男性ファンだった。さっきももしやと思いはしたが、当時よりつきすぎた贅肉と減った頭髪により、別人だと思っていた。

会場をあとにし乃愛と一緒に電車で移動してきたわけだが、尾けられていたとは。この世で怖いものは事故と退屈くらいだと最近の華美は思っていただけに、意志をもって移動する生物に恐怖を覚えるのは、久々だった。

　乃愛たちが準備で忙しそうなため、華美はそろそろ店を出ることを考え、タクシーアプリをダウンロードし、一台配車を頼んだ。迎車料金をかけてまでタクシーに乗るなど、人生で初だ。待っている間たて続けに、三九八〇円のセキュリティソフトをスマートフォンにインストールした。PC一台にもインストールできるため、帰宅したらすぐ行おうと決める。これら情報機器には、本名の自分とかつての青守みゆ、そしてコスプレイヤー紫柚といった、入り交じっては困る人物同士の情報が、一緒くたになっている。ストーカーに掘られたら、なにが流出するかわからない。社会的に死なないためにも、使うべきところで金を使うことに、抵抗がなかった。少し前までの自分なら、こういう事態に陥っても、セキュリティソフトやタクシーに金など払っていなかったと華美は思う。

　衣装の入った大きな紙袋を持ちタクシーに乗る際、男に見られた気がしたが、発進すればもう関係なかった。そしてワンメーターで済むであろう秋葉原駅を運転手に指定していたが、両親の実家へ電車一本で行ける駅へと目的地を変更した。降りたとき、秋葉原駅で降りていた場合と比べ一〇〇〇円近く多く払ったのであろうが、使うべきときに金を使ったという実感は、華美に満足感をもたらした。

　電車に乗り換え都営住宅に着くと、前もって言ってあったからか、母が手の込んだ料理を作っている最中だった。

数日前に、また家計の窮状をうったえてきた母の口座に、一三万円を送金したばかりだった。ここ一ヶ月半ほどで貯まっていたぶんの配当金合計から、捻出した。まだまだ半人前の分身だが、金を生み出す配当マシーンの彼女は浪費もせず、頼りになる存在だ。金だけ出して親への親切心のあらわれとするのは金に頼りきっているみたいで嫌なので、華美はまた実家に顔を出すようになっていた。

夕食中、リビングではテレビがつけられていた。無音が苦手でテレビをつけたがるのは、どちらかというと父のほうだ。和洋折衷の料理を食べ終えてソファーに座った華美は、母が淹れてくれたほうじ茶を飲みながら、普段見ない類いのテレビ番組を眺めた。日本全国の色々なものを褒め称える番組で、体感的に二〜三時間番組だろうなと思う。昔は実家で新聞をとっていたからテレビ欄を見て番組の長さを視覚的に把握していたが、節約モードに入って以降両親は新聞なんかとっておらず、見たい番組をピンポイントで探すこともないのだろう。ずっとテレビをつけっぱなしにしていれば、その必要もない。

土佐で伝統的な漁を守り続けている人の特集が終わると、次はお笑い芸人とバラエティータレントが茶碗作りの達人が住む村を訪れていた。茶碗は海外からの注文もあり世界的に評価されつつあるとか後継者問題とか予想通りの展開を迎え、ストリングス多用の感動的なBGMのあと切り替わったスタジオには、顔と名前に見覚えのある見世物ビジネス界の女性がいた。テレビに堪えうる面白いコメントが言えずカットされているのかそもそも全然しゃべらなかったのか、その後番組が進んでも見世物ビジネス女性の声は全然聞かないままだった。

華美はやがてスマートフォンで今日のコスプレイベントでの自分に関するものをサーチし、各SNSの「紫柚」アカウントに届いていた通知やコメントをチェックする。自分が成したことで評価されると、嬉しかった。直幸も見ているのだろうか。「青守みゆ」で検索していたくらいだから、見ているとは思うが。

スパで喧嘩して以来一ヶ月近く、直幸と顔を合わせていない。同じ職場でも広い工場内の別々の場所で働いている直幸とは元から勤務中に会うことも滅多になかったが、喫煙ルームで会った黒岩から先々週、有給休暇中だった直幸がいつの間にか休職届を本社に出していたことを華美は知らされた。事務職といえども、人事に関することは華美のあずかり知らぬことだった。聞いてすぐの休憩時間中に直幸へ電話をかけたが繋がらず、メッセージで休職について訊くと、長野のムラでの仕事が忙しくなりほとんどそこで暮らしていて、しばらく帰っていない実家の家族には転職活動中と伝えてあると後日返事があった。

ほぼ時を同じくして、ムラ主宰者の末に対し、一七歳女子への猥褻行為に関する週刊誌記事が出た。毎週唯一出ていた民放テレビ番組のコメンテーターも、その直後に降板していた。自主的なものだったのか辞めさせられたのかはわからない。末は各SNSでも、件の記事に関するコメントは一切述べず、ムラから非会員向けに無料で発信されていた彼の文章や音声、動画も、更新されなくなった。かわりに、主要メンバーたちがそれまで以上に発信するようになり、指導者たる末の御言葉はムラ内にいないと触れられないものとなってしまった。

　長野のムラで末たちと一緒に行動し、直幸はなにをやっているのか。年上の川井恵子に可愛がられているとは、具体的になんなのか。気になることは多いが、直幸からの返事もない状況でしつこく連絡もとれず、かわりにまだムラ会員で内部を知れる立場にいる田所の蕎麦屋に華美は一昨日も行った。五九八〇円の会費を払いムラのメンバーになったほうが話は早いのかもしれないが、華美としてはそんなことに円を費やすくらいなら、田所の蕎麦屋で食べたり、募金でもするほうがマシだった。

　閉店後もお茶を出してもらい話を聞いたところによると、末の淫行報道で数百人単位の離脱者が出たものの、言い換えるならばムラからの離脱者はたったそれだけで済み、残り三二〇〇人ほどの会員たちの結束は、以前より固くなっているという。末がムラ内の配信で述べるには、一連のことは、ムラという先進的な未来派集団に嫉妬し時代の変化に適応できない旧態依然とした外の世界からの迫害であり、弁明するのも馬鹿らしいから完全に無視するとのことだった。

　田所いわく、長野のムラでは外界からの毒素を取り入れずストレスフリーになるため、スマートフォンを手放すなり誰かに預けるなりして俗世間との接触を断ち、すべてがうまくまわるムラの中で無我夢中になってしまえと、祭りのようなノリで過ごしている様子のレポートが日々あがっているようだった。遅寝早起きの短眠に粗食、ヨガや激しい運動を早朝から行い、サウナと瞑想で活動的になった多くの入植者たちは、各々でなにか開眼し始めていっているらしかった。そういうポジティブな報告をムラの他メンバーや世間に向けて行うときのみ、スマートフォンやパソコンで外界と接続することは奨励された。その中には、元AV女優のメンバーが妊娠したが父親が誰だとかにはこだわらずムラで育てるという報告もあり、数千人から祝福を受けていた。

田所のスマートフォンで華美も見せてもらった限り、直幸はムラでの実務が忙しいのか、たいした発信をしていなかった。そして他の入植者たちの発信をみる限り、短眠から始まる一連の修行じみた自己改革について、純粋に感動している者も多いが、宗教っぽいなとアイロニカルな視点を織り交ぜている者も少なくなかった。そういった人たちは基本的に、半分愉快がりつつ、半分真面目にやっていたら結果が出せちゃった、というスタンスのつもりらしかった。

華美は蕎麦屋から帰宅してからも入植メンバーたちのSNS発信を読みあさったところ、ムラでの生活に多少不満を覚えたとしても、激しい運動や短眠による眠気、空腹のあとのおいしく感じられる食事、サウナと瞑想で脳や身体をたえず忙しくさせていると、些細なことがどうでもよくなり肯定的な気分になれるらしいと知った。オシャレなふうに撮ったムラでの綺麗な写真なんかも見ていると、外からの入植者が今も増える要因が、なんとなく理解できた。現代のそういうコミュニティは、カジュアルかつスタイリッシュなものへと更新されたらしい。

今もこうして、頑なにゴーキュッパの月額会費を払わないまま末のムラの周辺情報をスマートフォンであさっている自分の行動に対し華美は、両親からすればなにが面白いんだと思われるだろうなと感じた。華美からしても、リビングでつまらないテレビ番組を見続ける両親の感受性やツボが理解できないのと同じように。還暦を過ぎた両親は人生の貧乏な時期に入ったから、無料で見られて体力も不要なテレビという娯楽で時間をつぶしている。

テレビの世界にもう新しいものはなく、たえずなにかを後追いしたり、再評価したりしている。年末年始にでもなればその集大成として、日本の歴史や重大事件を振り返る類いの番組が連日ずっと流され、たとえばあさま山荘に打ちつけられる大きな鉄球だとか、地下鉄で毒ガスが撒かれたときの混乱の映像だとかが、ちょっとテレビをつけただけでいやがおうでも目に入ってくるものだ。

末のムラに入り、愚かな大衆を出し抜ける賢い側に自分がいると思っている人たちは、それらカルトの歴史も知らない。大衆であるそこらのテレビ好きおばさんやおじさんでも知っていることを。大衆なら全員が見ている日本の重大事件を振り返る系の番組を見ていないから、己の無知に無自覚なまま、自分たちのやることなすことは新しいと、勘違いしてしまうのだろう。

今夜もこうして乃愛が、セミダブルベッドの真ん中で眠っている。

寝入りのうちこそ片側に横たわる彼女だが、寝てしまうと毎度真ん中に来ようとした。今夜で三日目だ。男は全員ウザいだとか、目頭の切開をやり直したいだとか、老けて劣化するくらいなら死にたいとか言っていたあと、今日もなにかしらの薬を飲み、死んだように眠りだした。太っているわけではないのにいびきをぐうぐうかいているのは、薬の効果で舌あたりの筋肉が過度に弛緩しているからだろうか。

一緒にゲームや宅飲みをしたいから二、三日泊まりに行っていいかと乃愛から言われたとき、華美は快諾した。初日の土曜夜、頼んだピザを食べながら、乃愛が持参したゲーム機で遊び、酒を飲み語った。まるで学生時代の日々がよみがえったようで、自分はまだそういうだらしない過ごし方をしてもいいんだと思えてきて、華美は嫌なことも忘れられた。

その翌日、昼過ぎに起きた乃愛と外へ出かけ、鉄板焼き屋で夕食をとる頃には、疲れを感じていた。それからずっと、仕事や男等、色々なことに対する愚痴が増えていった。セミダブルベッドの真ん中に来る彼女と寝ると熟睡できず、出勤日だった今日、華美は寝不足で疲れもとれていないままの勤務がしんどかった。

今日何をしていたかと訊ねたら、午後三時過ぎまで寝ていて、夕方にスーパーへ行き、あとはこのUR賃貸住宅でスマートフォンをいじっていたという。さっき午後一〇時半前には眠りについていたから、乃愛は今日、七時間くらいしか活動していない。岩本町のカフェのシフトを入れたから、明朝には華美と一緒に家を出て帰ると話しているが、果たして。薬で眠った彼女はアラームでも全然目を覚まさないため、ちゃんと起こせる自信が華美にはない。

コスプレでメークをしているときはそう感じないが、寝ている乃愛のすっぴんの顔は、なんというか弟顔だ。シリコンで太くなった鼻梁が、男っぽさを演出しているのか。新しい友人と今日も一緒に寝ることに華美は気が重くなると同時に、そういえば直幸とこのベッドで一緒に寝ても翌朝疲労がとれないなんてことはなかったな、と気づいた。彼のほうが上背も横も乃愛よりあるが、真ん中に移動してこないし、それ以外の理由もあるような気がする。

すでにいびきをかいている乃愛の横で寝るには、もう少し眠気が強くなった状態で、いびきがやんだタイミングで床につく必要がある。華美はノートパソコンで米国市場のリアルタイムチャートを見た。持ち株すべての評価額が昨日よりマイナスで、チェックリストの買っていない銘柄も同様だ。連日続いていた下落の幅としては小さくなっており、もう少しで反転を期待できそうで、配当株を買い増すならこのタイミングだろう。ただこういう時に、買い増す手元資金がないのであった。この前母の口座に仕送りしてしまったのは間違いだったかと華美は思う。

チャートを見るのはやめ、投資関連のページをチェックしてゆく。相変わらず、「食費二〇〇円で二億円！　アーリーリタイアを目指す会社員ブログ」の更新は途絶えていた。とあるサイトの見出しが気になりクリックすると、投資塾に入ってすぐ半年で約三〇〇〇万円稼いだ二一歳女子大生のインタビュー記事が載っており、自分が否定されたような気がして華美はサイトから離れた。

増えた各ＳＮＳアカウントをチェックしてゆく。コスプレイヤー紫柚としてのものでは評判を知ろうとし、本名のものでは、人と会うきっかけでも転がっていないかなと探している自分に華美は気づいた。投資が不調なときほど、そうしがちだ。サーフィンに行ったときもそうだった。投資の不調によるネガティブな感情を癒やすのは、良い人間関係らしい。つまりは良い人間関係さえあれば、自分は投資をそれほど必要としなくなるのかなと華美はふと思った。

カップルという単位の組み合わせの良さに、改めて気づかされる。新しい友人の乃愛とは知り合えて良かったが、かといって長時間一緒にいると消耗することがわかった。思えば他の女友達とも、そうだったかもしれない。同性だからそうなのかと問われれば、たとえば浪費家の田中とも食事くらいならそれなりに楽しめるが、一日中一緒にいるのは無理に感じられた。ここ二年半一緒にいた相性の良い恋人は、友人や親族めいた存在でもあり、一日どころか数日間一緒にいても平気だった。直幸は、自分にとって一緒にいて楽な人という、稀有な存在だったのだ。

SNSのタイムラインにあがっていた、大学の演劇サークル同期たちによる飲み会の写真を眺め、華美は自分が誘われてもいないことに気づいた。結婚式二次会をサボり、カフェで撮った写真を同日にアップしてしまったことで、完全に彼女たちからの信頼を失ってしまった。サーフィンで知り合った男と飲みに行ったことがバレ、それ以上に直幸のプライドを傷つけるようなことを口にしてしまったことで、彼からの信頼も失った。

今直幸が考えていることを知りたいが、長野のムラに閉じこもり外界との接触も断っている状態で、知れることがない。スマートフォンの電源もオフにし誰かに預けてしまっているのか、電話が通じずショートメッセージにも反応がない。

かわりに末のムラ界隈を調べると、末は最近、大勢がやっている自己肯定はもう古いとし、今こそ我々には自己批判が必要だと提唱しているらしかった。皆で激しい運動をしたあと円になって、皆の前で自分を批判しまくり、他の人からも自分では気づいていなかった批判をうながしてもらい、ボロボロと号泣したあと、空腹と不眠の身体に日本酒のコーク割りを大量に流しこんだ状態で末からよく頑張ったとねぎらってもらったことで、心がまるっきり生まれ変わったとする入植者のブログ記事もあった。

そういうのを、どこかで見聞きした覚えが華美にはある。「集団」「自己批判」で検索すると、連合赤軍とか、色々出てきた。いくつか読んでいったところ、最終的にはリンチや死に結びついたケースもあるらしい。それと似たようなことをやっている集団に直幸は今、身を置いている。このままいくと直幸は、誰かを死なせたり、自分自身を死なせられたり、するんじゃないか。

他人事のように思ってみてから華美は、果たしてそれがありえないことだといえるのかと、問い直した。

直幸が、そういうふうになってしまうのは、嫌だ。

結婚を前提につきあっていたような間柄でもない。この部屋でセックスをしたり、たまに外へ食事に出かけるくらいで、一生一緒にいる相手という感覚は希薄だった。ただ、彼と離れてみて、今まで気づいていなかったことにも華美は色々と気づいた。

だから少なくとも、直幸が音信不通のままどこか遠くへいってしまうのは嫌で、せめて、己の言動を省みたりもした今の自分と会って、話をしてほしい。華美としても自分が、彼の忘れかけていたり気づかなかった良さを、ちゃんと感じとれる気がするのだった。

ただそのためにも、顔を合わせてみなければ、なにも始まらない。

自分もオンラインのムラメンバーになり、長野のリアルなムラへ行くしかないのか。今は千葉のUR賃貸住宅で冷静に集団を見ることができているが、円を稼いできたりムラの宣伝以外での外界との接触を禁じられたまま空腹や短眠、運動、瞑想、サウナ、アルコールの作用や自己批判といった巧みな洗脳システムの場に実際に身を置いて、自分が取り込まれないで済む保証はない。

乃愛のいびきを聞きながら考えていた華美の頭にふと、一人の男の顔が浮かんだ。ノートパソコンからSNSの友達リストを探り、元交際相手である室田優一のタイムラインを開いた。プロフィールの、青い海と浜辺を背景にした、アロハシャツとサングラスの全身写真は変わっていない。「銀行員、仏外人部隊を経て現在はフリーの傭兵です」という自己紹介文に、偽りはないのだろうか。放ってあった「友達申請」に対し「承認」ボタンをクリックしてすぐ、華美はメッセンジャー機能を利用し打ち込む。

〈久しぶり！　プロフィール見て驚いたんだけど、傭兵やってるって、本当？〉

送ると、すぐに返信があった。

〈ひさしぶり。本当に傭兵やってるよ。去年の秋から年明けまでも紛争地帯に行ってた！　今は日本にいて、警護の仕事とかに呼ばれたりしてる。〉

彼の友人と寝てバレるというひどい別れ方をしたわりには、返信のスピードや文面といい、決して悪く思われている感じはしなかった。それに、あまり冗談を言うタイプでもなかった一歳上の男がそう書いていることからして、傭兵をやっているのは事実のようだ。

〈そうなんだ！　すごいね！　実は今ちょっと、解決しなければならないトラブルがあって、傭兵の人に頼むのが適切かどうかわからないけど、気になって訊いてみた…〉

〈けっこうなんでもやるよ。トラブルって？〉

現役の傭兵とここまですんなり連絡がとれるとは思っていなかった。華美は頭の中で考えをまとめながら書いた。彼氏が末のコミュニティにのめりこみ、長野のムラに入植して帰ってこない。外界との連絡を絶ち、リンチへ繋がる自己批判まで始めた集団から、彼氏を連れ出して話がしたい。要点を伝えると、少し時間をおいてから返信があった。

〈今ちょっと調べたけど、元自衛隊員なんかを好待遇で集めたりして、ヤバいコミュニティだね。もっと入念なリサーチが必要だけど、車でいったん連れ出すこと自体はできると思う。武装の可能性もあるから、人員が他に最低一名は必要で、俺含め二人と車両調達費で費用はざっと二五〇〇万円前後かな?〉

二五〇〇万円前後。自分の会社員としての年収ほどの金額だ。華美は今まで、そんな高い買い物をしたことがなかった。それも物として残るお金の使い方ではなくて、つい最近まで近くにいた直幸を自分のもとに戻すというだけで、それだって永続的に続くかどうかわからない。直幸はまたムラへ戻ってしまい、二五〇〇万円をどぶに捨てることになるかもしれない。

なんといっても二五〇〇万円も使ってしまえば、現在一八〇〇万円ほどにまで成長してきた自分の分身の完成が、一年以上は遠のく。一八〇〇万円を一五五〇万円にまで減らすことなく、そのまま運用を続ければ、配当を生む自分の分身がより若さの残っているうちに完成し、楽しさを享受できる。

今の自分が一時的にでも直幸を連れ帰ることと、自分や直幸の年収と同じ配当を生む分身を早く完成させるのと、どちらが大事なのか。

優一とは別れてしまってから一〇年近く経ちこうして連絡をとれているが、特に嬉しいだとか、別れたことを悔やむ気持ちはない。直幸と別れたとしたら、優一と別れた時よりは確実に悲しいだろうが、一〇年後も後悔しているかといえば、わからない。

ただ、今の華美には、そのためにかかる費用の二五〇〇万円がないわけではない。借金をしなくとも、株を切り売りして払える金額なのだ。

それに、いくら時価評価額が一八〇〇万円ほどの金融資産といえども、それらのほとんどを株で保有している限り、明日にでも恐慌がきて価値がなくなる可能性だってある。利確しないうちは、配当を生む自分の分身だと思っているものも、幽霊と紙一重なのかもしれなかった。その心もとなさを消すためにも、分身か幽霊かわからないそれの一部を、現実世界で使ってみてもいいだろう。

最近の自分には、人からの信頼が足りない。使うべき局面で金を使えない人間は、死ぬ。そこには人間の精神の死も含まれるだろう。自分が人間であるべきかどうか問われているような気が、華美にはした。

三連休初日の朝、リュックサックいっぱいの荷物で千葉のＵＲ賃貸住宅を出た華美は、バスと在来線、新幹線、また在来線へと乗り継ぎ、長野県の目的地へ向かっていた。公共交通機関を乗り継ぐと四時間はかかるようで、千葉から大阪まで行くのとほぼ同じ所要時間だ。関東からの直線距離でいうとさほど遠くはないがものすごく交通の便が悪いところに、直幸たちが住むムラはあるのだった。

車で行けば三時間強と少しは短い時間で済むが、帰りは一台のバンに皆でまとまって乗っていたほうがいいからと、公共交通機関で来ることをすすめられていた。やがて華美は空き気味の在来線から降りると、ロータリーもなく田畑の中に真っ直ぐなホームが一本あるだけの駅から見回し、迎えの車を探す。電車の到着予定時刻は小一時間前に伝えてあった。華美の他にもアウトドアっぽい格好をした男女三人組が下車し、同年配のその人たちは「迎車」と表示された白いタクシーに乗り去って行った。

駅に着き数分経った頃、やって来たシルバーのミニバンから短くクラクションを鳴らされ、地元の人だろうかと迷いながらも華美が近づくと、運転席に室田優一の顔が見えた。助手席のドアの取っ手に触れかけ、もうつきあっているわけではないのだから後部座席のほうがいいのかと逡巡するも、結局は助手席に乗った。

「お待たせしました」

「ううん」

久しぶりに見る元交際相手の顔は少しやわらかくなっており、フランス外人部隊を経て傭兵になったというところから華美が勝手に抱いていた眼光鋭そうなイメージからは、ほど遠かった。それが、妙に現実っぽさを醸しだしてもいた。

今回の行動のためにメッセージや通話でのやりとりはしていたこともあり、久しぶりという感じはあまりない。一〇年近く会っていなかったのにそれがないとは、ひょっとしたら今の時代、人との別れなど喪失されたのではないかと華美は感じた。

「赤沢は、偵察に出かけてる」

優一と彼が呼んだもう一人の男赤沢は数日前からペンションを拠点に滞在し、ムラの視察等準備を進めていた。

「ところで傭兵仲間のその人も、元自衛隊員とか?」

「いや。今みたいになる前のシリアで、戦闘に参加してた」

「戦闘って……ジハード?」

「まあ外から見ればそうかもしれないけど、彼自身はそういうのじゃないよ。思想とかはなにもなかったらしいし」

優一が車を運転している間、他の車ともほとんどすれ違わない。

「さっき、フェスにでも行きそうな三人組が、駅からタクシーで出て行った」

「間違いなく、ムラに行く信者たちだね。ここら辺、爺さん婆さんしかいないし、遊びに来るようなスポットも他にないから」

駅から二〇分ほど走った頃、ようやく湖のほとりに建つ三角屋根の二階建てペンションへ辿り着いた。

華美はチェックインする前に、湖のほうへと歩く。湖をはさんで反対側にムラが位置するらしいが、今立っている地点からだと、湖の途中で右側から盛り上がった陸地にはばまれ、対岸は見えない。

昨夜直幸の実家に電話で確認したところ、応対してくれたお母さんいわく帰ってきていないとのことであったから、彼はこの向こうにまだいる。

木造ペンションの二階の部屋に荷物を置いた華美は、八畳ほどの畳部屋の隅に重ね置かれていた座布団を背に座り、一息つく。朝から四時間の移動で、少し疲れた。主にオンライン上で広がっているコミュニティだから、地方とはいえ都会からのアクセスが容易な場所で活動を行っているイメージがあったが、まるで違った。末のムラは、電車では行きづらい、陸の孤島に位置している。

都会では車を持っていない人たちがほとんどだから、そういった人たちが公共交通機関を利用して訪れた場合、どうせなら日帰りではなく泊まりがけで滞在してしまおうと思うだろう。洗脳の時間を捻出するため、あえてそういう場所を選んでいるのか。

華美の一人部屋の隣に、優一と赤沢が一緒に寝泊まりしている部屋がある。壁が薄く、優一が通話しているらしき声が聞こえた。華美はスマートフォンを充電しがてら、寝転がってSNSにログインし、末のムラを閲覧する。華美自身はゴーキュッパの会費を払うつもりもなかったが、情報収集のためと優一が作った嘘プロフィールのアカウントで有料会員となり、三人で共有していた。非会員が無料で閲覧できていたのとは比較にならないくらい、十数分に一度ほどのペースで、覗く度になにかが目に見えて更新されていた。そこにはもちろん、ムラ内で少しだけ目立つようになってきたらしい直幸による、周りを真似ているかのようなコメントの数々もあった。

ノックされ、華美は優一から隣室に招かれた。いつの間にかもう一人の男も戻ってきていた。ペンションで借りたレンタル自転車でムラまで行ってきたという。そのほうが、違和感なくムラに溶け込めるらしい。

華美がはじめましての挨拶を交わした赤沢という二〇代の男は、背こそ華美より低いものの、肩幅はがっしりしていた。浅黒く日焼けしていることもあり、優一よりは傭兵っぽく見える。ただ、宅配便の配送の人だと言われても、それで納得してしまいそうな見てくれではあった。

「お探しの尾嶋さん、今日は〝科学省〟の建物に入っていきましたよ。数日間見てて、そこに入ったのは初めてです」

赤沢からの報告を聞き華美は、なぜ科学省に、と思った。ムラ内部は、国を模倣したようにいくつかの省制になっている。たとえば〝農水省〟では、遺伝子組み換え食料で世界人類の食糧危機を救える商品の開発や通販、東京を中心とした各地で弁当屋経営も行っているし、〝防衛省〟ではここ長野のリアルなムラの警備だけでなくオンライン上でのサイバー攻撃からの防衛、誹謗中傷に対する警告と頻繁な民事訴訟も行っている。

〝科学省〟は科学的アプローチで人間を幸せにするために、瞑想やそこらの自己啓発本に書いてあるようなことから未発表の研究まで行う、ムラにとっての屋台骨となっている省だ。なんの専門性もない直幸がそこに出入りしたのはどうしてなのか、華美には見当もつかない。

三人でミニバンに乗り、五分ほど行ったところにある蕎麦屋へ入った。華美は山菜蕎麦を頼み、傭兵二人は天ぷら蕎麦の大盛りを頼んだ。

「ごちそうさまです」

注文した直後に優一から言われた華美は、この食事代も自分が負担する経費だから礼を言われているのだと気づいた。

「それにしても、二四二万はちょっと高いな……。もう少し割引になんない？」

冗談めかした口調で華美は言ってみる。前金として、一二一万円は既に振り込んであった。そんな大金をどこかに振り込んだことなど、初めての経験であった。まだ書いてもらっていないが、その領収書を見せれば、直幸の心もそれなりに動かせやしないか。

「企業からだともう少しとったりするから、これでも良心的な値段だよ。それに、どうせ円の価値はなくなってシンライにとってかわられるんだから、今のうちに円なんてぜんぶ捨てなよ」

優一が言った。昔はシリアスな顔ばかりしていたが、こういうふうに気負わぬ冗談も言うようになったんだなと華美は感じた。

食後優一がトイレへと立ち、二人きりになった華美は赤沢に訊いてみた。

「さっき聞いたんですけど、シリアで戦闘に参加してたって、本当?」

「ええ。負傷するまで半年間くらい、いました。ロシアに激しく空爆される前なんで、今とは全然違う状況のときですよ」

「負傷って、どんな?」

「市街地で戦闘中、近くの壁にRPGが当たって、炸裂して飛んできたコンクリートの破片が内臓にまで食い込んで。しばらく現地で治療受けてたんですが、ちゃんと治すため日本に帰ってきました」

「聖戦、でいいのかな?」

「はい。まあ日本人で参加するのは珍しいですよね」

「そこまでして、なんで参加したんですか?」

話しながら華美は段々と、赤沢という男が人を何人も殺してきたのかもしれないという実感を得た。年下で威圧感のない彼に対し、どのような距離感で接すればいいのかわからなくなってきた。

「うーん、純粋なジハーディストたちや、そうじゃないけど他国からの侵略にムカついて戦闘してる現地の人たちと、動機は違いましたね。自分の場合、さして思想もなかったんですけど、当時就活がうまくいっていなくて。何十社も落とされ、圧迫面接で精神やられてもうどうにもならないなと落ちこんでいたある日の夜、住んでたアパート近くの小道で酔っ払いに喧嘩を売られたんですよ。どう見ても凶悪な顔つきで、逃げ場もなくて死ぬかもしれないと思って何発か顔を殴ったら、静かになったんですね。なんていうかその、本気になって行動したときのたしかな手応えと、状況を変えられたっていう事実に、生きてる実感がわいてきて。死ぬかもしれない状況で本気を出したいなと思って、渡航したんですよ。本当は政府軍寄りの組織に入りたかったんですけど、手違いでそうじゃないほうに入っちゃって、気づいたら政府軍と戦ってたんですよね」

たとえば日本で隣人一人を殺すのは駄目だが、海外での私怨なき仕事として何人も殺すのは、こうして平然と語っていい出来事となるのだろうか。

地元の人ではなさそうな、かといって末のムラに入会しているわけでもなさそうな風体の中年男性三人組グループが店に入ってきて、入れ替わるようにして華美たちは外へ出た。するとちょうど駐車場に駐められたばかりの大きなピックアップトラックから、モスグリーン生地に白字で「無我夢中!」とプリントされた薄手のサファリジャケットと同色のパンツを穿いた男二人が、店の中へ入っていくところだった。

車に乗りこんでから説明しだした赤沢によれば、軍服まがいの服装の者たちは末のムラの防衛省所属のセキュリティたちとのことだった。湖を周回するようなコースでのパトロールも行っているらしい。

「今のうちに、食料の買い出しに行っておこう」

そう言った優一の運転で近くの商店へ向かう道中、「無我夢中！」Tシャツを着た男女数人が乗ったBMWのオープンカーともすれ違った。

初老女性が一人で店番をしているコンビニの簡易版のような商店へ入ると、乾物や飲み物、ここらで採れたらしき野菜や弁当の他に、わずかながら書籍も置かれていた。華美はすぐに、一番目立つように平置きされている『現代の独立戦争』という末の本に気づいた。帯文には、「この世をより良くして何が悪い？」とある。他にも数冊ある本のどれもが、末の著書だったり、メンバー等界隈の者たちの出した本であった。

それだけでなく、隣に置かれている弁当のパッケージには「無我夢中！」という小さなシールが貼られてあり、POPでの説明から〝農水省手作り弁当〟であることにも気づいた。健康的かつ夢中になれるおいしさの弁当をムラで開発し、全国で通販や委託販売、東京では直販店までかまえたことを華美は知っていたが、商品の現物を見るのは初めてだった。

ペンションへ戻ると、今後の段取りを少し話した後、華美は自室でスマートフォンをさわる。末たちが運営する弁当屋について検索をかけてみると、二十数年前に国家権力から解体された新興宗教組織も弁当屋や定食屋を運営していたらしく、それとの比較記事がいくつか見受けられた。それらに対しての、末による〈未だにあの新興宗教組織と同じ階層で決めつけてくるレベルの低い人たち〉とするコメントも見つけたが、いつものとおり、彼のムラが〈あの新興宗教組織〉と違ってどう無害なのかを明らかにしてくれる強い根拠はどこを探しても見つけられなかった。

そしてそのうちに、〈あの新興宗教組織〉が経営していた中華料理店で働いていた元信者の男性により書かれた電子書籍の存在を知り、華美は八八〇円払いダウンロードした。日本のバブル末期に就職活動の時期を迎えた著者は、周りの同期たちが有名企業に就職し、ブランド品や車を買ったりと羽振りよく遊んでいた中、物を消費したり酒を浴びるように飲むのが本当の幸せなのかと疑問を抱いたのだという。そんな折、まだヨガサークルの延長のような小さな組織であった教団の本を読み、試しに集会へ通いだしたら、ハマっていった。決して、新興宗教に傾倒していっているという自覚は当時抱いておらず、ヨガや瞑想という、〝科学的に幸せになる〟修行やその周辺のことを、合理的に受け入れていったらしい。

半時間ほど集中しそこまで読んでみてふと華美は、自分が今読んでいる手記が、最近出されたものなのかと勘違いしそうになった。紙の原著が刊行されたのが、今からもう二〇年も前であるにもかかわらず。不況の現代日本と異なり好景気であった三十数年前の日本においても、物質主義への疑問を抱き、経験や人との繫がりこそを肯定する考え方など当時からとっくにあり、今になってインターネットの世界で声高に言う人たちがやたら現れているが、それらも全然新しい考え方ではなかったということだ。

つまり直幸たち幾多のメンバーたちも、全然新しくない価値観に対し、革新的なことをいっていると賛同し、全身全霊を捧げてしまっている。新しくもない普遍的な価値観だからこそ、求心力は強いのか。


午後三時前、車で移動し湖沿いの道で優一と降りた華美は、そこからムラまで歩いて向かう。赤沢は車に乗ったまま近くで待機するとのことだった。

優一が事前に購入した「無我夢中！」Tシャツに、音楽フェスにでも行きそうな化繊のウェアを来ている二人は、ムラへ訪れるのは初めてのメンバー同士、それもカップルに見えるだろうなと華美は思った。

「元カレが、今カレを連れ戻しに行く」

車道側を歩きながらぼそっと優一が口にした。

「ほんとだよね」

「まあ華美の説得で車に乗ってもらうのが理想だし、そうじゃないと根本的な解決にはならないんだろうけど」

いったん背の高い草で湖が見えなくなり、しばらく行くと少しだけ丘の上のようになったところに、建物や人の姿が見えてきた。古いフォルクスワーゲンの商業バンを改造したサウナに出入りする水着姿の人たちの横を通ったあたりから、ムラの集落っぽい雰囲気が一気に濃くなった。連休中だけ滞在する人たちも多く訪れているのか、人気《ひとけ》はかなりあり、華美たちは別段、なにかを尋ねられたり珍しがられたりするような視線も受けない。サファリジャケット姿のセキュリティともすれ違ったが、彼らがちゃんと役割を果たせているのかは疑問だ。

数畳ぶんの広さしかない木造のタイニーハウスやトレーラーハウス、プレハブの仮設住宅、テント、ゲル、酒蔵、民宿をリフォームしたらしき建物等が、湖を中心に扇状の配置になるように並んでいる。少し離れたところには工場や農場、メガソーラーパネルもあり、外界から供給を絶たれてもかなりの期間、自給自足が可能であることが見てとれた。

俯瞰して見える風景の中に必要なものがすべてそろっている感じが、都会やネット空間にはないもので、華美は妙な居心地の良さを感じていた。健全というか、地に足着いた生活でも送れそうな雰囲気が漂っている。舗装路は少なめで、湖の水面や葦の揺らめきが目に優しい。よくこんな場所を見つけたものだと華美は感じた。歩いていると、それぞれの建物がなんの役割を担っているかがわかりやすいようになっていて、サウナや瞑想部屋、各省の建物もあったが、事前に仕入れていた情報どおり、末たち中心メンバーがいそうな本部はどこにもない。

ムラのページで定期的に末本人によりあげられる記事やコメントによれば、本部建物を作らない理由として、今どき社長や中心人物だけが隔離された特権的場所にこもり続けるのは古い考えであり、そんな末自身はムラの中であちこち移り住むスタイルらしい。女性がいる部屋で目を覚ますことが日常茶飯事なのもごく自然なことであるのだと、軽い口調や文体で述べていた。

「あのホテルっぽいのも、もうムラのものなのかな？」

「タダ同然で借りるか、破格で買ったんじゃないかな。一昔前の新興宗教みたいに皆で同じ色の服を着たりはしていないから、ここらのご老人たちもちゃんと挨拶する若くて愛想のいい若者たちだってことで地域振興なんかも期待して、次々と建物や土地を売ってるらしいよ」

そう説明してくれた優一からの提案で、しばらく二人は別行動することになった。どちらか片方が警戒された場合のリスクを減らすためだ。なにかあれば、お互いに連絡する。

いくつかのキッチンカーが散見できる。それほど腹は減っていなかったものの、華美は場に馴染みながら様子をうかがうため、鹿肉キーマカレーを買いベンチに座った。わりと高低差のあるムラ中心部の中ほどに位置するここからは、湖がのぞける。近くに大きめのサウナ小屋があるため、水着にサンダルの男女が目の前を歩いて通った。

音楽フェス会場にでも来ているかのような雰囲気だ。いつしか映像配信サービスで見た、約半世紀前に開かれたウッドストックライブの空気感の一〇分の一くらいは感じられているんじゃないかと華美は思った。怪しい団体の本拠地に乗りこんだという感覚は希薄だ。

ここで直幸と遭遇したら彼と話し、いったん千葉に帰ってもらう。自分がやることを冷静に考えれば、わざわざ二四二万円も払って傭兵二人を雇う必要なんてなく、一人で訪ねればいいだけのことだったのではないかと、華美には思えてもくるのだった。

なかなか直幸らしき人物に会わない。昼前に赤沢が見たと言っていたが、まだ科学省の建物にいるのだろうか。末は移り住むスタイルらしいが、直幸もそうなのか、あるいは滞在し続けている寝床でもあるのか。

華美は立ち上がると、「科学省」という木の立て札が目立つ、図書館分館のようなコンクリート五階建ての建物に近づいた。出払っているのか、外に守衛の姿もない。だからといって省の建物へいきなり入る勇気もない華美は、外から様子をうかがった。五階の窓からかかってている垂れ幕には、「始まりの地」「あたらしいにんげん」とそれぞれ印字されていた。

一箇所に留まっているのも怪しく思われそうで、科学省の建物から離れるように歩いた華美は、大きな一枚屋根の下の展示スペースに入った。説明書きによれば「無我夢中でシヴァ神的な偶像を作ろう！」という企画のもとに集まったアート作品の数々らしく、石膏で作られたキリストっぽい偶像や、プロジェクションマッピングで地面に映す虹色の偶像等、大きさも形も様々なものが一〇点前後展示されている。中でも華美の目を引いたのが、このムラに定住しているバイクカスタムショップ店主が作ったという、鉄とシリコンの人型偶像だった。少し前にネットで話題になったグロテスクな人型造形物を再現したもののことだ。火と消火剤が交互に出るギミックも備えている。前提となっているシヴァがなにかも知らないことに気づいた華美がスマートフォンで検索してみると、シヴァは破壊と再生の神であった。

暗くなってからも直幸を見つけられなかった華美と優一は赤沢と入れ替わり、車でペンションへ戻った。三人入るのが上限くらいの男女別の風呂からあがった華美が二階の部屋へ戻ろうとした折、静寂を破るようにロビーへ人が数人入ってきた。

華美より数歳年上くらいのショートカットの女性に中年男性三人、そのうちの一人は男二人に両脇から抱えられ、右脚を引きずりながらロビーのソファーへ慎重に座らされた。右脚の他にも痛むところがあるらしく、うめき声をあげたり反射を見せたりしている。怪我した男の顔を昼に蕎麦屋で見かけたことに華美が気づいたとき、階段を下りてきた優一も彼らに目を向けていた。一人が持っているカメラや、都市部で張り込みでもしそうな暗い色の服装からして、マスコミだろう。

「昼に蕎麦屋にいた、あの人たち。二日前からここに泊まってる」

優一が小さい声で言った。このあたりでマスコミが狙うネタなど、末のムラ以外に考えられない。セキュリティの人間に怪我を負わせられたのだろうか。それなら警察を呼ぶべきだし、勝手に怪我をしたのなら病院へ運んだり救急車を呼ぶべきだが、あらかじめ車に積んであった様子の救急道具を持ってきて自分たちで応急処置を始めている。ムラの建物に不法侵入し、撮影したとか、なにかうしろ暗いことでもしたのだろう。

翌朝早く、華美たちは車でムラへ向かった。誰からも見られていないのを確認してから車を降り、歩いてムラへ辿り着く。

　六時半過ぎで、汗をかいた様子の人たちがそこらじゅうを行き交っていた。短眠明けすぐの激しい運動が終わり、これからヨガを行うのだ。ヨガから参加する人もいるようで、湖のほとりの広場に、マットを持った人たちが続々と集結してきていた。華美も持参のマットを抱えながら、広げる場所を探す素振りをしつつ、一〇〇人前後はいる中から直幸を見つけようと試みる。

　すると、インストラクターの長髪男性がマットを広げた近くに、その顔を見つけた。直幸たち数人だけ、湖のほうを向いている大勢とは反対方向を向いている。皆を指導する側なのだろうか。彼からヨガの話など、華美はこれまで聞いたことがない。

　大勢を見ている向こうからは、交際相手の顔の判別はつかないのか。それともここ二日間でムラの中をうろついていることに気づいていながら、声をかけてこないのか。様々な可能性を考える華美も、ヨガが始まってからは怪しまれないよう周りについていくので手一杯だった。

　半時間ほどのそれを終えた頃、直幸たち数人は固まって歩きながら科学省の建物へと移動してしまい、華美は話しかけるタイミングを失った。

　科学省の建物の近くで弁当を買い、朝食がてらテラス席で食べ、コーヒーも飲みながらチャンスをうかがっていると、科学省の門番にＩＤを見せ中に入ってゆく女性たちの姿に気づいた。古参メンバーたちという感じではなく、ムラに来たてでまだ馴染んでいなさそうとわかる人もいた。華美は食べ終えた容器を捨て、科学省の門へと歩いた。

「無我夢中！」サファリジャケットを着た門番に会釈しながらＩＤを見せると、あっさり通された。そして建物の一階に入ってすぐのところに立っていた同年配の女性から、高めのトーンで華美は声をかけられた。

「遺伝子候補の方ですか？」

「はい」

「ガイダンス会場は二階になります。上がっていただければ係の者がおりますので」

「ありがとうございます」

華美は二階へ至る階段を上った。部屋の出入口にいた女性から「飲み物はどちらにしますか」と訊かれ、水とルイボスティーの二択からルイボスティーのペットボトルを選んだ華美は、長机とパイプ椅子が並べられた部屋に入る。入って一〇分弱経った頃、十数人の女性たちが着座する部屋に科学省の主要メンバーの女性がやってきて、紙の資料もなにもないまま、ガイダンスが始まった。

「私は科学省遺伝子工学部のミヤベと申します。このたびは皆さん、人類のアップデートにご興味を抱いていただき、ありがとうございます」

拍手やうなずきの様子からして、ここにいる女性たちはそれなりの意志をもって自発的に来ているのだと華美にも理解できた。

「ＤＮＡレベルでコントロールして優秀な人間を生みだすことは、先進国の技術なら可能ですが、倫理的な観点からブレーキがかかってしまっている状況は、おそらくこの先も変わらないと予測されています。そのいっぽう、中国なんかは倫理観無視でどんどんそういうこともやっていくはずです。そもそも、優秀な人間を遺伝子レベルから人為的に作りだすことを、非倫理的とする根拠は、いったいどこにあるのでしょうか？　そこの方、どうでしょう？」

突然ミヤベから手を向けられた華美は驚いたが、侵入を見破られたわけではないのだからと、落ち着きを取り戻そうとした。

「……普通の人たちは、遺伝子的に優秀な人たちから自分たちが虐げられるかもしれないという恐怖を、抱くかもしれません」

「お答えいただきありがとうございます。そうですね、それはあるかもしれません。いっぽうでは、こういう考え方もあります。たとえば、思慮深く頭の良い人間が増えたら、世界中から戦争なんかなくなりますよね？　誰かが死んだりして、悲しむ家族も減ります。人が死ぬ悲しみと、劣等感を感じている人たちの嫉妬、どちらをなくすべきですか？　そこの方、どうですか？」

指名された女性は、「人が死ぬ悲しみをなくすほうがいいです」と答えた。

「そうですよね。そのためには、人類をアップデートするしかないんです。もちろん、私たちのムラでは、日頃の活動によって面白いことを通じそれを目指しているわけですが、やはり遺伝子レベルで優秀な人間を生みだすという地道なことが、より確実に人類を進化させられるわけです。なにも、数十億人全員を優秀にする必要はないんです。優秀なごくごく少数の人間が、大衆を率いて幸せにしてきた歴史があります。ほら、モーセとかも海を割って大衆率いてきたじゃないですか、あんな感じです。人格者であることはもちろん、皆を楽しませ幸せにする日本屈指のクリエイティブな幹部の方々と交配することで、皆さんの優れた遺伝子をより優れたものにして、世に残せる。それって、人類全体にとっての幸せじゃないですか?」

女性たちの半数くらいが、うなずく。華美にもようやく、この場に容姿がそこそこ良い女性たちが集まっている理由が理解できた。

「私ごとではありますが、相手がどなたとはまだ申し上げられませんが、実は妊娠中でして、今三ヶ月です」

ミヤベがそれまでとは違う少し恥ずかしそうな声色で述べると、拍手が鳴った。

「ありがとうございます。このムラで、優秀な子を毎日面白おかしく育てられるんだなと考えると、幸せです。皆さんにもぜひチャレンジしてほしいんですが、妊娠した私の話だけでなく、まだそうなっていない若い女性のお話も聞いていただきたいと思います。今年の春まであのアイドルグループに所属していて、現在はフリーで動画配信なんかも行っている、我妻玲美さんです」

すると部屋へ小さな女性がえらい早歩きでやって来て、アニメ声っぽい独特な声色で自己紹介をした。華美は彼女の動画配信を何度か見ていたから知っていた。ただここ最近は、更新が滞っていたように思う。自発的に更新しなかったのか、外へ向けて発信するのを止められていたのか。

「私がまだ妊娠してないのは誰の子供を産むべきか悩んでてピル飲んだりしてるからなんですけど、皆さんも迷っているうちは避妊しながらより多くの幹部の人たちと交配するっていうのもありですよ」

我妻はその後も、まるで言うべきセリフを一息で言い切るかのようにしばらくハイテンションで喋りきり、代わりにミヤベが喋りだすと、死んだような目になった。瘦せ細った小柄な若い女性の顔に長い黒髪が垂れ、本人はそれを手で払おうともしていない。

「それではこれでガイダンスを終えたいと思います。もちろん自由意志なので、ご賛同いただける候補者の方々は午後七時に、就寝の用意だけしてこちらへ泊まりに来てください」

一度ペンションに戻った華美が優一に相談したところ、科学省の建物近くで女性の悲鳴のようなものは夜に聞いたりしてないことからも、幹部たちから本当に力尽くでなにかされる可能性は低く、自分の行動の選択の余地はあるのではないかということであった。ただしそれも条件つきで、精神がまともな状態を保てていたらだ。

赤沢からの偵察報告によれば、直幸は集会場で新規参加者たち向けガイダンスの運営を手伝ったあと、サウナと食事を済ませまた科学省の建物に戻ったという。

華美は午後七時前に、再び科学省の建物へ訪れた。

三階に畳敷きの大広間があり、出入口で嘘アカウントの名前を記入し番号札を受け取り、中に入る。布団がずらっと並べられていた。番号札で指定された布団に腰をおろしていると、女性たちが続々と集まってくる。ある程度の人数になり、明かりが暗めになった。常夜灯にしては明るい。人の顔がちゃんと視認できるくらいの光量は保たれていた。

出入口から遠い角の布団に寝転んだ華美は、この建物にいる直幸をどうやって探そうか考える。彼がこの部屋にやって来れば楽ではあるが、幹部たちと一緒に女を吟味しだした場合、救《たす》け出そうと考えるのはやめるべきだろう。

しばらく経ってからも、特になにかが始められそうな気配もなく、何人かは控えめの声で近くの人と会話したり、スマートフォンをさわったり、早々と就寝の態勢をとったりと、各々好きなようにしていた。雑魚寝部屋のこういった雰囲気は修学旅行とか合宿のようで、不思議と陰鬱さからは遠いように錯覚させられそうだと華美は感じた。

頭の中で一・〇五倍の複利計算をしようとする中、一・〇五を掛ける元の数字がなんなのかわからないというもどかしさから目覚めた時、華美は自分が寝ていたことに気づいた。

照明はさらに暗くなっていたが、遠くでスマートフォンを触っている人の姿が見えるくらいには明るいし、それほど時間も経っていないのだろう。ただ、半分以上の人たちが寝ていて、いくつかの布団からは人のふくらみが消えていた。スマートフォンで時刻を確認すると、まだ午後一〇時前だった。

起き上がり、忍び足で部屋から出る際、出入口に見張りの姿はなかった。トイレで用をたしたあと、華美は人の気配がしそうな部屋を探した。三階で人がいるのは大広間だけらしく、五階建ての建物の四階へと階段で上がる。踊り場まで来ると、話し合いが白熱しているらしき数人の声が聞こえてきた。

四階に上がってすぐ、下りてくる男性とすれ違い硬直しかけた華美だったが、男性は「おつかれさまでーす」と言い気にもかけぬ様子で下っていった。階段からほど近い部屋から声は聞こえてくる。ドアには、「自己批判部屋」とマジックで殴り書きされた紙が、キャラクターものマスキングテープで貼られていた。

耳をすましている姿を見つかったら怪しまれるだろうと、華美は隣にある無音の部屋のドアノブをまわした。施錠されておらず、真っ暗な部屋は無人で、中に入りゆっくりとドアを閉めた。間取り変更可能なパネルタイプの薄い壁越しに、隣の「自己批判部屋」からの声はわりとはっきり聞こえる。男数人の声の中に直幸の声がないか耳をそばだてていると、特徴的な若い女の声が聞こえた。

「それじゃあまだ不十分だね。もう一度筋道たてて、はじめから自己批判をやり直してみなよ」

動画配信やガイダンスで耳にした、我妻玲美の声だ。

その声も、華美にとって耳馴染みのあるものだった。末の声を直に聞くのは、初めてだった。

「私は、優れた遺伝子の子供を産むことで、人類のアップデートをはかろうという考えに、感動しました。けど、誰の遺伝子を選んだらいいか、色々と迷ってしまい、それだけじゃなくて、もう妊娠しなくてもいいか、というような迷いもでてきてしまいました。幹部の方々は、そんな迷う私に避妊をしたうえでいつまでも迷い続けることをむしろすすめてくれましたが、そのうちに私は、性的にもてあそばれているのではないかというひどい勘違いをするようになってしまいました。そうだとしたらひどい屈辱かもしれませんが、それはむしろ自分の中に、性的に認められることでしか他人に認められないと思ってしまうような弱さがあったからそう感じてしまっただけであって、責任を他人になすりつけたにすぎません。ムラから出ようと駅まで向かってしまったのも、皆さんが与えてくださった試練を厳しさだと勘違いしてしまったためです。だから私は、自分が間違っていたということを心から理解して、私自身がアップデートした人間として生まれ変わるためにも、まだムラで幹部の方々と関わり続け、自己変革に努めようと思っております」

声帯も脳も疲れているのか、どこまでも平坦な言い方で我妻が自己批判の言葉を述べ、それに対しまた声があがった。

「駅に向かったあたりから自己変革の改心へと至る過程が、まだ甘い」

「おまえ、所々、俺たち幹部から無理矢理されたみたいなニュアンスを残してないか？　嘘っぱちな言いがかりを言うんじゃないよ。メンバーの親でムラに対し訴えを起こしてきてる、カミキ弁護士みたいだな。玲美ちゃん、いい加減なこと周りに吹聴する気まだ残してるんだったら、カミキ弁護士と一緒に無我にするぞ？」

声の低さと掠れ具合からして五〇代くらいの男性が、最後は半ば冗談めかした口調で言うと、どっと笑い声が鳴った。無我とは、なんだろうか。文脈からして、殺す、ということだろうか。本気ではないのかもしれないが、音を立てまいとするあまり華美の身体は固まってしまい、部屋から出ることもままならなかった。そして、我妻玲美をなぶるような自己批判が長引いていたからこそ、三階の大広間で多くの女性たちは普通に寝ているのだということにも気づいた。

その後、自己批判が終了の雰囲気になるまで聴き続けた後、静かに部屋から出た華美は直幸をまだ探せていないと、大広間の自分の布団へ戻り掛け布団を頭までかぶった。


あまり眠れないまま迎えた翌朝、華美の周りの多くの女性たちが、ヨガに行くための準備をしだした。まだ午前五時四〇分だ。慣れない場所で、時間や曜日感覚もおぼつかなくなりそうだが、今日は連休最後の月曜で、夜にはニューヨーク市場が開かれる。

不思議と、華美の中で力が湧いてきた。今の自分に状況を変えられる力があるのかはわからないが、市場の中で生きている分身は、時間の経過と共に雪だるま式に強さを増してゆく。無駄に終わるかもしれないことに時間とお金を費やしても、時間の経過とともに力は回復してゆくから、この時間の使い方も無駄ではない。分身から促されるようにして自分を奮いたたせた華美は眠気をふりきり、湖のほとりのヨガ会場へ向かった。

今日はヨガのあとでランニングに入るらしく、あまり走りたくなさそうな新規メンバーたちも含め、皆で未舗装路を三〇分ほどランニングした。それを終えるとサウナで、ぜいぜい息を切らしながら華美は、いくつかに分かれているサウナのうち、ログハウス風の古式サウナに貸しバスタオルを巻いて入った。ほとんどの人たちが、変なふうにハイテンションだった。深夜までムラの中のどこかでそれぞれ集まりなにかやっていたりして、足りない睡眠時間と激しい運動の組み合わせにより、疲労が血流の良さで誤魔化され、己が無敵な存在に生まれ変わったかのような実感をもたらす。これが毎日続けば短眠でどんどん脳細胞も死に、自分で物事を考えることが苦手になり、末の言葉をスポンジのごとく吸収するようになってゆくだろうと華美は感じた。

「幹部たちと直幸氏は、外に出てきてないみたい。どこでも見なかった」

サウナ内で隣に座った優一が、華美にだけ聞こえるような小さい声で言った。スマートフォンのメッセージでは伝わりづらいニュアンスのやりとりを少し交わすと、先に出た華美は脱衣所でスウェットに着替え、科学省の建物へ戻った。三階の大広間で手提げ袋に荷物をまとめ、朝食をとりに行くふうを装い部屋の外に出ると、誰にも見られていないのを確認し階段を上った。最上階の五階まで行くと、とある部屋から話し声が聞こえた。すぐに、「はい、はい」と相槌をうつような受け答えをしている男の声が、直幸のものだと華美は気づいた。

足音と話し声が階段を上ってきた。咄嗟に華美は隣の無音部屋のドアを開ける。ベッドが一台に緑色のラグ、ソファー、ローテーブルにテレビのある部屋は当直部屋か宿泊部屋のようで、入り込むとドアを静かに閉めた。隣の部屋とはコンクリートか木の壁で隔てられているらしく、声は廊下伝いにくぐもってわずかにしか聞こえない。しばらくドアにはりつくようにしていた華美は、部屋の中へと二歩進んだ時点で、気づいた。

Tシャツにパジャマのパンツ姿の若い小柄な女性が、ソファーに身体を丸め横たわっている。我妻玲美だ。

ソファーからはみ出るようにされた左腕の手首と長パイルの緑色のラグが、細く暗い糸で結ばれている。

目が合った。

「大丈夫ですか?」

血を流している我妻の左手首を心臓より上へ持ち上げながら華美が訊くと、「だいじょぶ」と我妻が眠そうな呂律で答えた。ローテーブルにはレターオープナーと、複数の錠剤の空容器が置かれている。ヘッドボードの上にかけられていたタオルを左手首のすぐ下できつく結んだ。

「いいですよ、そんな」

「病院、行きましょう」

我妻が力なく言う。

「私はいいんで他の人助けて」

「他の人?」

華美はスマートフォンで優一に発信しながら訊いた。

「ＷＥＢデザイナーさん。仕事のボツとギャラ未払いが嫌になって末さんとの遺伝子交配も断ったから、水槽に首まで水入れられて数日間立って自己批判させられてる」

「それ、場所は？」

「Ｂ棟工場。水槽は三つありますよ」

華美は繋がった優一に、今聞いたことや状況を伝えた。赤沢に車で向かってもらいがてら、緊急搬送先となる病院だけでなく警察にも連絡するとのことだった。

我妻の右腕を自分の肩にまわし華美が立ち上がろうとすると、我妻も少しだけ自力で立った。自殺を完遂するほどの強い意志もなかったらしい。迷いながら、服薬し手首を切ったのだ。

狭いエレベーターで一階に下りると、すれ違う何人かから訝しげな目を向けられ、やがて女性から「我妻ちゃん、どうかしたんですか？」と声をかけられた。

「具合悪いみたいで。病院に連れて行きます」

「……末さんたちの許可は？」

それも無視し門の外にまで出ると、そこにいた優一が我妻を背負い、赤沢が車で来る地点を目指し足早に歩く。

「我妻ちゃんっ！」

周囲の人たちも気にするくらいの大きな声で呼ばれ、華美は反射的に後ろを振り向いた。

「我妻ちゃんどこ行く……」

走って近づいてきた男二人のうち、Tシャツと薄手のパンツ姿の男が直幸で、二年半もつきあって彼が屋外で叫んだときの声なんて初めて聞いたなと華美は思った。

直幸に凝視されていた。

「華美……」

「無我夢中！」Tシャツを着た三〇歳手前くらいのセキュリティも一緒だったが、年長者の直幸の態度からして目の前の女が顔見知りらしいからと、どうすればいいか行動を決めあぐねている。

「彼女五階の部屋でリストカットしてたの、あと服薬も。病院に連れて行く」

「え、それは早く病院行かなきゃ……」

「直幸も一緒に帰ろう。いつまでもこんなところにいないで」

ムラから日常へ帰ることを、ちゃんと言葉の契約として交わしておかなければならない気が華美にはした。

「昨日、似てる人を見たけど、華美だとは思わなかった」

「一昨日からいるよ。メッセージ送ったけど読んでないんだね」

「通知は見たよ」

外的な圧力でスマートフォンを預け、外界から隔絶されていたわけではないらしい。

「無視してたんだ」

「無視っていうか、心を研ぎ澄ませたくて」

「研ぎ澄ませて、なにか見えたの?」

一〇メートル以上先を行く優一と我妻のさらに向こうに、赤沢の運転するバンがやって来た。直幸のほうを振り向くと、肩越しに小さく見えるピックアップトラックがどんどん近づいて来る。

「直幸を連れ戻すために、あの人たちに二四二万円、払った」

「はっ……?」

「直幸がもうずっとここにいるなら、せめて話くらい、してほしかったんだよ」

無言のまま呆気にとられている様子の直幸の隣で、セキュリティの男がピックアップトラックに向かい大きく腕を振りだす。

「一緒に車に乗って。あの子のことも心配でしょう」

華美がバンのほうへ走りだすと、足音がついてきた。とりあえず乗る、と直幸がセキュリティに大声で言ったのも聞こえた。

三列目に華美と直幸が乗りこんですぐ、二列目で我妻の介抱をしている優一が赤沢へ「出発!」と言い、バンは発進した。ピックアップトラックはすぐそこの距離まで真横から近づいてきている。強烈なGで、直幸の身体が華美のほうへと一度倒れた。

「病院と警察には連絡したから」

優一がそう口にした数秒後、華美の身体は前方へ浮いた。

強打した膝の痛みより先に、バンが何かにぶつかったことへの焦りをおぼえた。道の陥没に気づかずタイヤをとられたらしい。エンジンはかかったままで、バンは再び速度を上げてゆく。

「我妻ちゃん、大丈夫？」

後ろの直幸から声をかけられ、我妻がぼんやりとした顔つきで直幸を見た。

「弁護団の人たちですか？」

直幸は、我妻玲美に顔も覚えられていなかった。彼は決定的な過ちはおかしていない。ただ幹部連中から、いいように使われてはいた。

空いている道を病院までかなり飛ばしていると、前方から赤色回転灯と共にやって来たパトカー三台のうち一台より、ピックアップトラック共々停止を命じられ、他二台はそのままムラのほうへと向かった。やって来た警官に赤沢が運転席から我妻を見せ事情を説明すると、通報者だとわかりほどなく解放された。

パラボラアンテナを搭載したテレビ局の中継車ともすれ違った。末のムラに目をつけていたのは、自分たちだけではなかった。華美は、自分がムラに来る必要があったのかと思ってすぐ、危ない状態だった我妻に気づけて良かったと感じた。そして直幸が隣に座っていることに関しては、それほどやり遂げたという気がしていないのも、正直なところだった。

千葉外房の海辺に停車中のハイエースの最後列では、今日の撮影を主導してくれた乃愛が、二人用と一人用シートの間の通路に荷物を置き、フラットな寝床をつくり寝ている。多くの写真を一日で撮りきろうと、朝早くから撮影しもう午後二時近くになっているから、華美も眠気を感じていた。

二列目シートに座る華美が外を見ると、人気のない海辺に、撮影機材を持ったカメラマンと助手が見える。それぞれ三〇代と二〇代の男性で、ハイエースはカメラマンが用意した。なんでも友人の実家がロケ撮影車やハイヤーの配車をやっている会社で、そこから安く貸してもらったとのことだ。そんなカメラマンと関わりをもてたのも、乃愛が知人伝いにフリーのマネージメントを頼んだのがきっかけだった。マネージメントやカメラマンの他にも動画編集と、色々やっているらしい。

空が曇りだしたが、天気予報によると降雨の可能性は低いようだった。撮影待機しながら華美は、運転席の後ろの天井近くにつけられている小さなテレビ画面を見る。

ずっと流れている情報バラエティー番組のネタが芸能人の離婚から、暗闇の中でスポットライトをあてられたスマートフォンの画に切り替わり、華美も何度も耳にした音声が重ねられた。

我妻玲美が、何人もの男たちからおいつめられ、自己批判をしている声。病院まで送ったあの日の夕方、意識の落ち着いた我妻と病室で話していた華美は、〝自己批判〟の音声データを彼女のスマートフォンに送った。それを我妻は五日前に公開した。

音声データ公開は、末のムラが瓦解するにあたっての火にくべられる薪であり、きっかけはもっと前にあった。水責め拷問の通報を受けた警察による犯罪現場の確認、それを合図にするようにして警察の応援やマスコミがムラへ続々と押し寄せ、末たち幹部を中心とした数人が連行された。その場にいた信者が慌てて「ムラの人たちが旧態依然とした国家権力の陰謀で拉致されている」と、連行の様子を動画で配信し、その模様はテレビより先に拡散された。テレビ局のカメラでも、その最中や夜以降のムラの様子が連日映されていた。

『ソ連の洗脳みたいな水責めを受けたＷＥＢデザイナーの女性はかわいそうですけど、そもそもタダ働きどころか、お金を払って働いてたって、どういうことですか？』

スタジオでは芸能人が識者に質問している。それまでネットユーザーの一部にしか認知されていなかったものがテレビでとりあげられるようになると、当然ながら情報源がテレビだけだったような層からも急速に認知されていった。ただ、新しいなにかに触れたというより、そういうのが久しぶりにまた出てきた、というような反応を世間の人たちはした。

末のムラ自体は一時的に閉鎖の様相をしているものの、逮捕されなかった主要メンバーを中心に残党たちがいくつもの分派を展開させ、一般の無名メンバーたちもそれらコミュニティ間を漂っている。華美はスマートフォンでそれらの分派ムラや各SNSを見てゆく。〈旧態依然としたテレビ局による偏向報道は戦時中となんら変わらない〉といった強めの書き込みはそれほど多くなく、むしろ〈一般メディアの報道の仕方すごいなぁ…。まるで九〇年代のあの新興宗教団体じゃん（笑）〉というような、未だに自分たちがその当事者であると気づいていない様子の、半分笑っているかのようなニュアンスのものが多かった。残党たちはここへきても、自分たちがやっていることが全然新しくないことに、気づいていないようだ。

シンライなどというものをかかげても、結局それらをつかってやれることには肉体がともなう。人間の肉体が欲するものなどバリエーションに限りがあるぶん、中央集権的に不自然に集まった力が向かう先は、過去のカルト集団と同じになる。人間が老化する肉体をもっている限り、なにも新しくなんかなりようがないだろうと華美は思う。先日も、区議会選に挑んだ幹部メンバーが落選し政府の陰謀論を唱えていたが、それら一連のことも既視感の塊でしかなかった。

ひょっとしたら残党たちの何割かは、自分たちがやっていることが全然新しくないことに、気づいてはいるのかもしれない。ただ、会社を辞め円といった財産も手放しムラに傾倒してしまっていたら、自分の選択を肯定し、他人も道連れに末の教えを広めてゆくしかない。

直幸も、意固地になっているうちの一人といえるのだろうか。

会社を辞めフリーランスになるのが偉いとされる界隈の中においても、結局彼は会社だけは辞めず、有給休暇の消化と休職を経て、再び実家から出勤しだした。

ただ、勤務が終わるとその足で界隈の集まりに出かけたりもしている様子の直幸は先日、末のムラのニューヨーク支部からの派生団体がブルックリンで開いた会合にも、連休で顔を出していた。界隈を漂っているのがネット上の情報だけでも丸わかりの直幸は、どうやら自分独自のムラも小規模に起《た》ちあげようとしているらしかった。

華美は、反省してもいた。いくら一緒にいた時間の長い相手だからとはいえ、変わりつつあった人を元に戻せると考えたのは、傲慢だった。

いっぽうでは、末のムラから身を引いた人々も多数おり、親しい人間が日常へ帰ってきたことを喜んでいる人も、ネット上を探すと大勢いた。その人たちのためには、なれた。

感謝されるだけでなく、恨まれてもいた。優一と赤沢の三人で利用していたＳＮＳアカウント宛てに、一昨日、メッセージが届いた。

〈証拠を外に出したのはあなたですか?〉

罵詈雑言でもない、必要なことだけ端的に訊いてきているところに、底冷えするような怖さがあった。投稿者のプロフィールをたどっても顔写真がなく、特に公向けの発信はしていない、性別も不明のアカウントだった。変な人が場当たり的に同じメッセージを送りまくっているのかもしれないし、科学省の建物に出入りした者として、アカウントをある程度絞り込んできた残党から、探られている可能性もある。

末は拘置所にいるが裁判だって始まっていないし、彼を未だ支持している残党は一〇〇〇人以上いる。末に救われると思いすべてを投げ出してしまった人間は少なくないのだから、自分がなんらかの形で損なわれる可能性だってゼロではないと華美は考えてしまう。

華美の頭の中で、一度も行ったことのないアメリカの映画やドラマのシーンが蘇る。それほど狭くない家に住み、車でスーパーへ買い物に行ったりして、目立たぬように暮らす。ほとぼりが冷めるまで、証人保護プログラムを受けたい。

それを日本で受けられないのであれば、自主的にアメリカに住み、保有している米国株の配当金とパートタイマーの賃金で生活するか。ここ数日で華美は何度かそのことを考えているが、英語はある程度聞き取れるし、金銭面でも、不可能なことではなかった。

スマートフォンの電池残量が残り一〇%以下になり、画面が少し暗くなった。待ち時間が長くネット閲覧ばかりしていたためだ。運転席と助手席の間に置かれた電源タップに繋がれたいくつものコードのうちに、iPhone 専用の充電ケーブルはあるが、華美の格安スマートフォンの充電端子の規格とはあわない。やがてカメラマンたちがやって来て、ちょっと移動するとハイエースを運転しだしたが、未舗装の駐車スペースに長時間置いていたからか、タイヤがスタックし抜け出せなかった。

「申し訳ない、車軽くしたいんで、いったん外出てくれます?」

カメラマンから言われ、華美と乃愛は外に出た。駆動輪である前輪と地面の隙間に助手が流木を挟んだあと、カメラマンがアクセルを踏んだ。

「痛っ!」

華美が後ろを振り返ると、乃愛が手で顔のあちこちをはらっていた。一瞬空転したタイヤが掻き出した砂の直撃を受けたらしい。華美が笑っていると、「ふざけんなマジ」とぼやきながら乃愛も苦笑いした。抜け出せた車に再び乗り、移動する。

華美は長野のムラでバンの片輪が道の窪みに落ち、身が前に投げ出されかけたときのことを思いだした。あのとき乗っていたのがもし、バンよりホイール径が小さく軽量でボディー材も薄い軽自動車だったら、死んでいたかもしれない。ロールスロイスとはいかないまでも、あのとき普通車に乗っていて良かったと感じると同時に、そもそも自分のお金を使ってあのコミュニティに介入しようとしなければ、あんな危ない目にも遭わなかったと思う。

車軸の曲がってしまったバンの修理代を含め、フリーランスの傭兵二人に払った代金は三〇〇万円ほどと、約一八〇〇万円分にまで育て上げていた分身を大きく削ぎ落とすこととなりはした。三〇〇万円をゼロにするなんて、他人からすれば大金を無駄にしたと捉えられるだろうが、不思議と華美は、充足感に満たされていた。

将来お金によりもたらされるであろうと予想された効用は、どこまでいっても実体のない、頭の中の可能性でしかなかった。それが思いきって使うことで、今そのものになった。

あまり傷を負っていないのには、他の理由もある。十数銘柄の保有株のほとんどが値上がりし、三〇〇〇万円の半分以上は取り戻してきているという数字的な事実もあった。

世界の実体経済が冷え込んだ期間が訪れたのは、それほど昔でない。今も周りからは景気の悪い話しか聞かないのに、株式市場だけ、不自然なほどに右肩上がりだ。華美が調べる限りでは、各国の中央銀行が法定通貨供給量を増やしまくり、それが株式市場に流れているのだという見方がおおよそのものであった。とある記事によれば、ここ一年間だけで、世界中に流通しているアメリカドルの総額は、一・二倍に増えたらしい。つまりはそれと反比例するように、ドルという法定通貨の価値も下がっているのか。末たちの考えを鵜呑みにするわけではないが、法定通貨の価値が下がり、段々と信頼できないものになりつつあること自体は、事実かもしれない。

電池残量が八%になったスマートフォンで、華美は久々に「食費二〇〇円で二億円！　アーリーリタイアを目指す会社員ブログ」へアクセスしてみた。すると四日前に、約半年ぶりの投稿がなされていた。不健康生活を送っていた五〇歳前後の男性に対して、生きていたんだ、と華美はまず思った。最新投稿によれば、大病で緊急搬送され手術後、老いた両親の住む実家でしばらく療養していたという。医療費がかなりかかり、株も切り売りしたらしいが、命は助かったぶん、後悔はないという。

〈健康のことをおろそかにしていると、あんなことになっちゃうんですね…。これからは、スーパーの見切り品を食べる生活はやめます。〉

最後のほうにそう記されてもいて、長年読者として応援してきた華美としても、それがいいよと安堵した。そして、まとまった額の金を自分のために使えたその人に対し、羨ましさも感じる。華美は、現在一六五〇万円ほどの自分の金融資産を将来的に五〇〇〇万円まで、あるいは無限に増やしたいと思ういっぽう、生きているうちにそれをゼロにしたいという欲望も強く感じていることに気づいた。

撮影再開となり、衣装とメークを直した華美たちは再びカメラの前でポーズをとり、カメラマンたちにうながされるまま、徐々に波打ち際へ寄っていった。背景に海しかないのは、いい。元ネタのゲームの世界観に近づいていっているようで、華美としても気持ちが上がる。空から紫外線を受けているという意識はあるが、以前ほど神経質なネガティブさは感じていない。紫外線を避けること以上の究極のアンチエイジングは、今を生きるということだ。今を未来に先送りしても、その未来でなにもやらないのなら、意味がない。今やっていることは、今しかできないことだった。

そんな最中、華美は大きくて綺麗な貝を見つけ、拾った。

「小道具みたいに綺麗だね」

乃愛が言うと、カメラマンが「じゃあそれ持って撮りましょう」と言い、綺麗な貝を持っていくつかのバリエーションの写真も撮った。

その場での撮影を終えハイエースに戻りしばらくすると、スライド式ドアが開き、助手が華美へコンビニの袋に入った物を渡してきた。

「充電ケーブルです」

さっき、スマートフォンの充電ケーブルを買いたいと華美は伝えていたのだった。

「ありがとうございます。お代はこの貝でいいですか?」

綺麗な貝を華美がふざけて差し出すと、助手は「頂戴しました」と笑顔で受け取った。

「いくらでしたか?」

華美が鞄から財布を取り出しながら訊くと、助手は首と手を小さく横に振る。

「紫柚さんからいただいたこんな立派な貝は、大金ですよ」

そう言った助手は貝を持ったまま出て行きスライドドアを閉め、呼ばれたのか、カメラマンのほうへ小走りで向かった。

華美は充電ケーブルの端子をＵＳＢポートと自分のスマートフォンに差しながら、数百円のケーブルと拾った貝が交換されてしまった、と思った。貝は貝でしかないはずなのに、そうではないのか。拾った人間が、この貝にはそれだけの価値があると無理矢理にでも価値を宿し、物や労力の交換の対価に使おうとして、受け手がそれをのめば、通ってしまう。信頼を得た貝は、他のものと交換できるのだ。

充電され省電力モードから抜けだしたからか、新着メールやメッセージがいっぺんに三通届いた。うち一通は、クレジットカード会社からの支払額確定の連絡だった。そのクレジットカードは、通販や電子マネーのチャージで使っている。現金をほとんど触らずに華美は生活しているわけだが、デジタルの通貨と、貝に無理矢理宿した価値も、共に目には見えず、それ自体を食べたりすることはできない。価値を他者が信頼し共有することで、はじめて意味のあるものになる。電子決済も、幽霊になった貝が、海を渡った広範囲にまで移動し続けているだけなのかもしれなかった。

届いていたSNSのメッセージを華美が開こうとしたとき、新着のメッセージを受信した。

〈引っ越そうかと思って不動産屋来たんですけど、混んでて、予約してなかったからか三〇分以上待たされ中です…。〉

赤沢からだった。長野で世話になった彼から、華美のもとへたまにこういったメッセージがきた。彼や優一に、直幸と別れたことまでわざわざ伝えてはいないが、察しているのかもしれない。単なる世間話なのかはわからないが、年下の傭兵からの連絡に対し、華美は以前よりはっきりと、返信したくない気分になった。

自分は直幸を、胡散臭い集まりから取り戻し冷静にさせようとしたわけだが、よく考えてみれば、就職活動がうまくいかず日本で満たされていなかったという動機からの自己実現として、なんの思想もないまま他国での聖戦に参加し人を殺してきた人たちのほうが、よほど怖い。

まだ本当の過激派原理主義者たちのように宗教的思想や、あるいは末たちの胡散臭い思想でもあるほうが、マシかもしれないと華美は考えてしまう。直幸たちに思想はあるが、人は殺さない。優一や赤沢は、思想もなく、人を殺す。より自分のことだけしか考えていないのは、誰なのか。少なくとも、思想や恨みもないのに、やり甲斐のために人を殺せてしまう人のことは、信頼できない。華美はそんな二人に頼った己の行いに対し、遅れて迂闊さを感じるようになっていた。赤沢に返事も返さないまま、スマートフォンを置く。

千葉外房での撮影をすべて終えハイエースが発進したのは、午後五時半過ぎだった。乃愛の家と車の置き場がある練馬方面の前に、千葉県内を北上し華美の家へ向かってくれている。千葉県は半島のような形をしているため隣県とは隔絶されている雰囲気があり、下道から有料道路に入ると余計に通行量が減り、景色も暗くなった。

「紫柚ちゃん、さっきの月額課金の話、どうする？」

真後ろの三列目シートに座る乃愛から華美は訊かれた。

「ああそうだ。どうしますか？　一応写真は、ＲＡＷファイルから選んで現像しておきますけど、公開の仕方をどうするかですね」

カメラマンも後に続いて口にした。行きの車中や昼休憩中にも提案されていた、月額課金制メンバーシップクラブの話だ。乃愛のもとへはずっと以前から、お金を払ってもいいから写真集作りのカメラマンをまかせてほしいだとか、ＤＴＰを任せてほしいというような連絡が多々来ていたらしかった。そして華美にも最近、同様の連絡がＳＮＳのダイレクトメッセージ等でくるようになっていた。

「お金を払ってでも写真集作りに貢献したいって言ってくれている人たちの、モチベーションってなんなんですか？」

華美が素直な疑問を口にしてみると、少し間を置いてからカメラマンが答えた。

「高性能カメラを買ったら、ある程度綺麗な写真なんて誰でも撮れるんですよね。ちょっとライティングを工夫してシャッターをきって現像したら誰でも綺麗な写真を撮れちゃうから、ハードディスクにデータを保存するだけだと、虚しさ感じちゃうんですよ。自尊心を満たすには人から認められるしかなくて、プロになるのが一番いいんだけど、プロとして注文を受けるのはやっぱ難しいから、お金を払ってでもモデルさんの写真集作りに貢献したい、ってなるんですよ」

「そうなんですね……。まあ、そういう人たちの夢を叶えてあげるのは、悪いことではないですけど」

「そうだよ紫柚ちゃん。ただ、誰でもウェルカムにするとクソみたいな変人とかも寄って来ちゃうから、本気度をはかるフィルタリングとしてお金をとるのは、私たちにとっての最低限度の安全策だと思うんだよね」

後ろの乃愛が、二つのヘッドレストの間から顔をのぞかせながら言った。有料の集まりを主催するといっても規模など知れているだろうから、稼げるお金に特段意味もない。それよりも、人々に影響を及ぼせるかもしれないということ自体が、魅力的だ。これまで何度かコスプレイヤーとして公の場に出てきたが、影響力の中毒性は、お金で得られる満足より大きい。

末たちは円を求めもしたが、それ以上に、相互的な影響力で人と人が交わって動くことに、ひかれていたのではないか。その一つの象徴を潰すきっかけを、自分はつくった。冷静になってみると華美には、なにが良くてなにが悪いのかもよくわからない。キリストも生前は、反社会的集団の長だった。

カメラマンに電話がかかってきて会話が中断されたタイミングで、華美はスマートフォンの資産管理アプリをチェックする。今日は休日だから口座の入出金はないはずだが、朝と比べ全資産が一〇万円分近く増えていた。ここ数時間で円安が進んだのだろう。

金という力さえあれば、不当な扱いをされる身分から抜け出せると思って、儲けるような行動を華美は株式市場でとってきた。お金儲けの信者だった。買った株を放置し、働かないでお金を得るという変なことをしている自分が、お金を払って働いたりお金を払わせて働かせたりという、また別の変なことを否定できる立場にあるのだろうか。お金を払ってでも働き、役に立ちたいと思う人たちの欲望に素直に乗るだけと考えると、なんら不自然なことではない。

写真を貯め込むアマチュアカメラマンたちはどうせ、貯めたお金の使い方もわかっていないだろう。お金でとっておこうとするから、あとで使えばいいという発想になってしまう。お金を今使ってしまってはじめて、今を生きられる。そのことをより多くの人に教えてあげたいが、そのためにはまず、お金を使って実感してもらうしかない。

「月額課金のメンバーシップクラブ、やってみようかなって思います」

通話を終えたカメラマンに華美が言うと、乃愛や助手も含め全員がその答えを待っていたかのように、次々と具体的な話が進んでいった。

皆でなにかをやろうとして話したりするのは、楽しい。車窓の外に目を向けると、暗い景色に影として浮かび上がる椰子の木の列が、南国の雰囲気を醸しだし、華美は今自分がどこにいるのかわからなくなった。

初出

Phantom　「文學界」二〇二一年五月号

羽田圭介《はだけいすけ》

1985年、東京都生れ。明治大学商学部卒業。2003年、「黒冷水」で文藝賞を受賞しデビュー。2015年、「スクラップ・アンド・ビルド」で芥川賞受賞。他の著書に、『走ル』『ミート・ザ・ビート』『盗まれた顔』『メタモルフォシス』『コンテクスト・オブ・ザ・デッド』『成功者K』『ポルシェ太郎』などがある。

Phantom《ファントム》

二〇二一年七月十五日　第一刷発行

著　者　羽田圭介《はだけいすけ》

発行者　大川繁樹

発行所　株式会社　文藝春秋
〒102―8008　東京都千代田区紀尾井町三―二三
電話　〇三―三二六五―一二一一

印刷所　図書印刷

製本所　大口製本

ISBN978-4-16-391397-1